21世纪华语诗丛·第三辑

韩庆成／主编

床前明月光

黄土层　著

知识产权出版社

全国百佳图书出版单位

——北京——

图书在版编目（CIP）数据

床前明月光/黄土层著. —北京：知识产权出版社，2020.9
（21世纪华语诗丛/韩庆成主编. 第三辑）
ISBN 978-7-5130-7090-4

Ⅰ.①床… Ⅱ.①黄… Ⅲ.①诗集—中国—当代 Ⅳ.①I227

中国版本图书馆 CIP 数据核字（2020）第 141389 号

责任编辑：兰　涛　　　　　　　　责任校对：谷　洋
封面设计：博华创意·张冀　　　　责任印制：刘译文

床前明月光

黄土层　著

出版发行：知识产权出版社 有限责任公司		网　　址：http://www.ipph.cn	
社　　址：北京市海淀区气象路50号院		邮　　编：100081	
责编电话：010-82000860 转 8325		责编邮箱：zhzhuang22@163.com	
发行电话：010-82000860 转 8101/8102		发行传真：010-82000893/82005070/82000270	
印　　刷：三河市国英印务有限公司		经　　销：各大网上书店、新华书店及相关专业书店	
开　　本：880mm×1230mm　1/32		印　　张：6.5	
版　　次：2020年9月第1版		印　　次：2020年9月第1次印刷	
字　　数：70千字		全套定价：218.00元（共十册）	

ISBN 978-7-5130-7090-4

新世纪诗歌的一份果实

赵金钟

　　基于今天的语境，我们似乎可以下如此断语：网络引领了21世纪的诗歌。毫不夸张地说，当下最强劲的诗歌"潮流"是网络诗歌。它凭着新媒体的优势，以一种新的审美追求，猛烈袭击着纸媒诗歌，对传统诗学提出了挑战。所以，我们讨论新世纪诗歌，无论如何也绕不开网络诗歌。网络诗歌给新诗创作带来了新的元素。与此同时，由于其临屏书写的自由，又给网络诗歌自身，进而给整个诗歌创作带来了新的问题。这也是我们讨论新世纪诗歌必须参照的"坐标"。

一

　　进入21世纪以来，利用互联网进行创作或发表诗歌作品的现象十分活跃。学术界或网络界一般称这类诗歌为"网络诗歌",也有人称之为"新媒体诗歌"(吴思敬)。它的出现给诗歌的创作与传播带来了深刻的影响,"在改变了诗歌传播方式的同时,也改变着诗人书写与思维的方式,并直接与间接地改变着当代诗歌的形态。"[1]它给诗坛带来的冲击力不啻为一次强力地震,令人目眩,甚至不知所措。赞成也好,不赞成也好,网络诗歌就不由分说地站在了我们面前,并改变着传统媒体诗歌业已形成的写作传统,直至形成了新的审美体系。韩庆成在《中国网络诗歌 20 年大系》的序言中认为,网络诗歌在诗歌载体、诗歌话语权、诗歌界限和标准、诗人主体、先锋诗人群体五个方面,对传统诗歌进行了"颠覆"。[2]

网络诗歌首先带来了诗歌写作的极端自由性。这是传统诗歌无法企及的。网络是一个极其自由的场域。它的匿名性和虚拟性创造了一个"去中心"或"多中心"的民主意识形态空间,以让写作者自由地临屏徜徉。网络作为巨大而自由的言说空间,为诗人存放或呈现真实的心灵提供了广阔无边的平台。这一写作环境给予写作者空前的"自主权",使得写作真正实现了"自由化"。自由是网络诗歌的灵魂,也是新诗写作的灵魂。然而,由于各种诗人难以自控的外力的影响,纸媒时代,诗歌的这一"灵魂式"的特性却常常难以完全呈现。这种状况在自媒体出现的时代得到了极大的改观,网络诗歌引领诗歌写作朝着深度自由发展。

当然,过度的"自由"也带来了一些麻烦:有的诗人任马游缰、信手写来,使得他们的诗作常常在艺术上与责任上双重失范。这不是自由的错。但它提醒诗人:艺术的真正自由不是"无边界",而是在有限中创造无限,在束缚中争得自由。自由应是创作环境与创作心态，而不是创作本身。无节制的"自由"还带来了另一种现象："戏拟、恶作剧心理大量存在，诗的反文化、世俗化、极端个人主义倾向非常明显。"[3] 这在一定程度上损害了诗的健康发展，需要我们高度警惕。

我欣喜地看到，"21世纪华语诗丛"这套专为网络会员和作者服务的"连续出版的大型诗歌丛书"，正是在这样的背景下应运而生。丛书第三辑的十位诗人，在网络诗歌时代恪守着诗歌的艺术"边界"，他们各具特色的诗歌作品，从某种意义上，代表了当今网络时代诗歌的"正向"水准和实力。

二

生活化，是新世纪诗歌写作的另一重要审美追求。这里的生活化，既是指诗歌写作贴近现实生活，表现生活的质感和生命，又是指写作是诗人们的生活内容，是他们为自己生产消费品的一部分，更是他们实现自我价值的重要途径。

在《1844年经济学—哲学手稿》一书中，马克思首次把人类的本质规定为自由、自觉的生产活动，并明确指出："宗教、家庭、国家、法、道德、科学、艺术，等等，都不过是生产的一种特殊方式，并且受生产的普遍规律的支配。"[4] 在此处，马克思在将艺术活动看作一种生产的同时，又将它与政治、法律、宗教、道德等活动一同作为整个社会生产的一种特殊的精神生产形式加以论述。根据马克思对社会历史客观过程的分析，人类生活可分为物质生活与精神生活两大领域。为了满足自身这两种生活的需要，人类必然要从事物质的和精神的生产。同样的道理，诗歌写作其实也是写手们在为自己、扩展而为人类生产精神产品，并在这一生产过程中完成自我价值的实现。

从这套诗集中，我们能够感觉到写作对于诗人的重要性。它对于诗人，是为了释放，为了交流，也是为了提升，为了自我实现。因此，写作成了他们生活的重要内容，是他们向世界发声或讨要生活的工具。

> 从此，不从地下取水／我的井在天上／不再吃尘埃里的一粒粮食／我的粮仓在云上
>
> ——黄土层，《纺云》

像这样的诗歌，以极简约的文字呈现着来自生活的深刻感悟，就是难得的好诗。新世纪诗歌存在着一种重要现象，即大量被往常诗歌所忽视或鄙视的形而下情状堂而皇之地进入诗的殿堂，并被诗人艺术性地再造或再现，是生活化或日常化的一个重要递进。

三

新世纪诗歌的后现代性已为学界所关注。实际上，后现代性早在20世纪"新生代"即"第三代"诗歌那里就明显存在了，且引起了不小的争议。而在新世纪，它似乎表现得更明显和更深入。"后现代主义"的介入，给中国诗歌带来了相当大的冲击，甚至可以说，它深度改变了中国当代诗歌发展的格局。

后现代性感兴趣的是解构。西方后现代主义哲学，即乐意

从不同层面解构传统的逻各斯中心主义，消解以逻各斯为中心的关乎"规律与本质"的意义结构。它的突出特征是解构宏大叙事，消解历史感，具有"不确定的内向性"。而受其影响的新世纪诗歌中的后现代性，则又具有"平面化""零散化""非逻辑性""拼贴与杂糅""反讽与戏拟""语言游戏"等特点[5]。如果细数这些特点的优点的话，则可能"反讽与戏拟"更有较为永恒的诗学价值与审美意义。也正是在这一点上，新世纪诗歌为中国诗歌提供了可贵的新元素。

　　如今我活着 比任何一个死人都坚强 / 像一株无花果 敢于没有和不要 / 我的自在 不再是花开不败 / 而是不开花

　　　　　　　　　　　　　——高伟，《第1朵花：无果花》

　　这首诗有着明显的"后现代主义"色彩：反讽、反仿、反常理等。诗人以一种略带调侃的口吻消解主题的严肃性和目的。这是"后现代主义"反叛"古典主义"和"现代主义"，消解中心、解构意义价值观的体现。不过，剥去这些表象，单从取材角度和情感取向来看，这首诗歌还是较为清晰地表现了诗人对于生命价值乃至人类某种崇高性的思考。

　　第三辑中的每部诗集，都有可资圈点之处。马安学的《谒宋玉墓祠》：隔着两千多年的距离 / 踏着深秋的落叶，我去看你；老家梦泉的《北方的雨》：在北方 / 雨水 / 是你梦中的情人 // 深闺的围墙 / 总是 / 高高的；赵剑颖的《槐花开》：五月，白色花穗从崖畔 / 垂挂亿万串甜香，春天已经走了；香奴的《幸福的分步式》：把红酒倒在杯中三分之一处 / 我总是停不下来 // 要么斟满，要么一饮而尽/我不喜欢幸福的分步式；于元林的《我们相逢在一朵古老的泪花上》：这个春夜 天空缓缓降下/银河如大街一般 亮着灯光/我们相逢在一朵古老的泪花上/我们要到初醒的蛙鸣里去说话；南道元的《谷雨》：谷雨断霜，淹瓜点豆/持续的降雨不会轻易停止/在南方/春天步入迟暮；钟灵的《晒薯片》：田畴众多。越冬的麦苗上/细长而椭圆的红薯片/宛然青黄不接时，乡亲们饥饿的舌头；袁同飞的《童谣记》：时光那么深，也那么久/遥远的歌声里，仿佛能长出翅膀/长出枯荣。像这样出彩的诗句，诗集中俯拾皆是。这些作品，都凝聚着诗人独具个性的诗性体验。是啊，诗是一种高度个性化的"物种"，只有那些异于常人的观察、发现、体验，才能发出个体的味道。跟"文"（散文、小说等）相比，诗更看重内情的展示，看重结构上的化博为精、化散为聚，看重将"距离"截断之后的突然顿悟。因为"人们要求的是在极短的时间里突然领悟那更高、更富哲学意味、更普遍的某个真理。这可以是诗人感情的果实，也可以是理性的果实。诗没有果实，只有'精美'的外壳（词句、描绘）是一个艺术上的失败。"[6]

"21世纪华语诗丛"第三辑，正是新世纪繁茂的诗歌大树上结出的"感情的果实"。

（作者系岭南师范学院文学与传媒学院院长、教授，广东省中国当代文学学会副会长。）

参考文献：

[1] 吴思敬. 新媒体与当代诗歌创作 [J]. 河南社会科学，2004（1）：
    61-64.

［2］韩庆成. 颠覆——中国网络诗歌 20 年论略［G］//韩庆成，李世俊. 中国网络诗歌 20 年大系. 悉尼：先驱出版社，2019.

［3］王本朝. 网络诗歌的文学史意义［J］. 江汉论坛，2004（5）：106 - 108.

［4］马克思. 1844 年经济学—哲学手稿［M］. 北京：人民出版社，1979.

［5］张德明. 新世纪诗歌中的后现代主义文本浅谈［J］. 南方文坛，2012（6）：84 - 89.

［6］郑敏. 诗歌与哲学是近邻：结构 - 解构诗论［M］. 北京：北京大学出版社，1999.

新世纪诗歌的一份果实

目 录
CONTENTS

第一辑 自然的叩问

第二辑　情感的幽林

第三辑　古典的回声

第四辑　乡土的遗响

第五辑　旅馆主义

第六辑　土哲学

第七辑　照无眠

第一辑　自然的叩问

纺 云

从此，不从地下取水
我的井在天上
不再吃尘埃里的一粒粮食
我的粮仓在云上

先贤们聚集在云朵里
我的仰望里充满乳头
我在纺云
在一棵树的灵魂里
挥动流线型纺锤
垂下大地

暮 色

必经过露水，草叶

鸡啼，和人间的熹微

必经过红尘里的奔跑，攀登

猝不及防的邂逅，及瞬间的火花

必经过童年，青年，老之将至的车轮声

必经过流泉，飞鸟，上山之前的最后一缕微风

如今我坐在西山，送夕阳

左手握右手，肉体抱灵魂

心知肚明最后必然是灰烬

还想死盯着眼前证明一下

俄罗斯套娃

祖宗的身体里藏着许多个

提着灯笼的母亲。她们安静，慈祥，淑静

等待来到世界

她们都是怀孕的妇女

怀的都是女孩

一代一代母性的河流在木质的河床上

流淌。那个手握刻刀的人

注意到了身体其他部位的清秀和精细

只是在肚子部分尽量不忍多动刀

一个套着一个，当套到第八个的时候

只有小拇指一般大的人，也有一颗蚕豆大小的心脏

她是最小的小小的套娃

还做不了母亲，才刚刚睁开眼睛

等着慢慢长大

2013 年 1 月 1 日

桃树之一

路旁的桃树因为结了一些桃儿
一点点弯下了腰
花期已过
毛桃长大
郁郁的桃叶犹抱琵琶
说实话我也对那些浑圆和粉红
动过心，又几次缩回了手

这几天突然有叶子落在地上
有枝丫白森森地断掉
一棵树无法说出被蹂躏的感觉
一阵风吹过，它的秋天提前到来

路过的时候，我轻轻叹了一声
欣慰的是在众多觊觎者之中
我终究没尝过它的味道

2016 年 6 月 15 日

桃树之二

整棵桃树没有一颗桃子
秋天还远远没到

桃树再也打不起精神
仿佛一个鳏寡孤独的老人

几乎是一夜间，成熟的桃子被摘走
除了哆嗦，桃树实在做不了什么

桃树命定保护不了自己的女儿
但桃树真想揭竿而起

桃树之三

你得仔细瞅
抱着死马当活马医的态度
透过凌乱的桃叶，地毯式搜索
一厘米一厘米移动贼眉鼠眼
太阳的光芒刺痛你的眼，也要挺住

对！
还有两颗桃子在凌乱深处，哭红了眼
只不过漏网之鱼的悲伤
已经被黄蜂，误尝了一口

2016 年 6 月 22 日

雪 夜

从天王堂到草料场
风雪比林冲先到了一步
天越来越黑，压向刀尖上的一滴蜜
林冲舔下去，那雪花覆盖的恩典
正要烫热一杯酒

得感谢墙上那只酒葫芦，仿佛天眼
引得可怜人沽酒场外二三里
茅屋坍塌得早了一步
火把点得晚了一步
林冲恰巧在压死和烧死的窄门里，逃过

一拨，一搠，一剜。好干净的手法。
花枪挑着三颗人头，夜奔
雪地上红色的痕迹就像三杯鸩酒
现在被打翻了

今夜的雪还在白茫茫地下
所有的雪都落向一个人
一个人在对抗整个雪夜的雪
雪没有停下来，人也没有停下来

2015 年 11 月 21 日

床前明月光之一

月光慢慢经过，床前的
小站。一个游子的秋水深潭
快要溢出了。所有经过今夜的白
像小风，投下落叶

伸手摸了摸，床头的被单
霜，降下，身子赶紧蜷缩了起来
旅途不适合谈论冷，只适合哆嗦

夜空不算高，孤月站得很高
能看见我们看不见的地方
真想手指上的火焰，将月光
烧出几个洞，洞穿这茫茫白色
露出故乡

床前明月光之二

地上的一片霜与月色相会的时候
刚好被他看见了。而窗子
挡不住月色，也挡不住霜
今天的低气温将秋水分成
最硬的表情，和最柔软的心肠
对于一条河来说
只有瀑布是赤裸的
像一个赴死的人，总是不能成功

月亮本是石头，后来就成了玉
被人捧得越高越像一滴悬而未决的泪
没有人愿意接住它
冰蚕一样的毒
玫瑰一样的蜜汁

流浪者，早已没有了故乡
只有小小的你
在李太白睡过的地方，和衣
再睡上一觉

风萧萧

放晴了。昨天的一场雪

还没有融化，世界的白宁静地写下世界的冷

住在二十层的楼宇里，北风吹得紧

千万只饿狼抓挠着玻璃窗，那嚎叫

仿佛雪发出来的

仿佛白发出来的

又仿佛能叫出白和雪

放晴了。现在雪还没有融化，阳光正落在

正在融化的嚎叫上

2015 年 11 月 25 日

草死的味道

割草机发出巨大的蜂鸣声，草地上
无一朵花
为之开放
霜降已过，仿佛蜂群强盛的灵魂
回来寻找肉体。草被大片割倒，归拢
没有结果，显露在草丛间

行人不关心有多少草被割断，倒伏，枯萎
当浓郁的气味袭来，才驻足猛吸鼻子
这是草死的味道
这是人鲜活的味道
这是都市秋天被割破的味道
散发出我们的童年和乡村

2014 年 10 月 28 日

荒芜

机上，云涛拍打着冷光
空姐和空少们精致得如一把扳手
不断拧紧服务这个机器
而我总在松动，莫名的烦躁，无法被拧紧
舷窗外巨大的轰鸣声，影响不了
清澈至极的阳光，真正的荒凉在这儿呢
反向飞行的另一架飞机，模仿小儿的画笔
在云海上空轻抹出一只寂寞的鸟儿

多么怀念我的大地，哪怕一条臭水沟
不那么精致，有人烟缭绕，充满粗糙之美
田间的一只小鼹鼠，钻回小洞穴时
泥土的味道让他幸福地合上暮色
终于降落，山川在翻转，地面上的灯火
点燃我的荒芜，草木灰在大地上歌唱，让人流泪

当轮子开始抚摸大地，高高提起来的荒芜
开始失效，下坠，人间的喧嚣热腾腾袭来
我再也不用纠结于救生衣在座椅下
氧气筒在头顶上

2014 年 10 月 24 日

距　离

冬天是一个假象，高大的梧桐树
以自己的高度暗示着年复一年的生长
树心衰朽的火苗烧不开冬天的冰水壶
它与春天的死亡，只有一小段距离

新年钟声即将敲响的那十几秒里
人们会激动不已，呼喊着一种巨大的转折
加速自己缓慢飞翔的翅膀
其实那几秒，与平时没有什么两样

河滩上一块千年不动的石头
被冻裂成两块
彼此渐渐读出深潭里的天涯孤旅
以及，反目成仇的并肩
甚至憋着气，不说出自己的疼痛
一任妥协与抗争，诞下距离

2013 年 8 月 20 日

丛 林

枯叶遍地，寒霜企图安慰
这个季节的风花雪月，凄清更多了
把自己裹得越紧，孤独越深

春花在这里萌发，盛开，明珠投雾，桃核坚硬
时光举起庄严的雕刻刀，秋叶纷纷落地，没有一只蝴蝶
唯有两眼犀利，闪烁季节开始的光芒

一握，红云骤起，再握，彩霞满天
丛林具有深深的含义，在一场洁白的雪下
涌动岁月的欣喜和疾苦，转身才哭

2014 年 12 月 7 日

夜 雨

彻夜奔跑，向下的水珠
立在向上的失眠上
我们都在奔跑，土流向水
水流向江河

一整夜巨大的轰鸣声压不住
轻微的呼吸，呼吸压不住心跳
大地的枯萎无济于一场夜雨声
空荡荡的席梦思像一只蘑菇，在生长

2014 年 5 月 27 日

一颗土豆

一颗土豆，一旦被刨出土地
就不再是土豆了
它有实实在在的主人，有
各种类型的主人，它被称斤论两
从一只筐到另一只筐
从甲地到乙地
几经辗转，最后来到厨房
先被拔了芽，那是它寂寞的欲望
再被削了皮，那是它最后的尊严
一颗赤裸裸的土豆，被泡在清水里
切片，切丝，切块
牛肉炖，猪肉炖，粉条炖

一颗土豆再也记不起自己是谁了
迷失在餐桌上，迷失在发芽的路上
一颗土豆一旦离开了土
还不如一颗豆

翡翠手镯

翡翠手镯，这个圆满的时间之环
套住了最美丽的手腕，冰凉的触感
像伊甸园里的石头，总是将燥热的皮肤
降温，平服，穿上衣服

冰质的底色上，一抹黄　一撇绿
闲散地飘过，再轻的身影也比黄金重
像极了迷乱之夜后晨起的慵懒和垢面
对镜添花黄的那一刻
手镯发出的清音，带着糖丝丝

帘外池塘上跳动的流光，一不留神
就被腕间镯子的水头，收走了
翡翠是石头中的金刚经
正如当初，两双眼睛互相看到的

镯子的硬度可以克石、克木，克
一切必克之物，还能划玻璃
划披着坚贞外衣的人间传奇
几乎无所不克的翡翠镯子，直到某一天
"哐当"一声，被失手摔碎在地板上
那不过是自己把自己，克了

白 菜

半个月前五元钱买了
三棵大白菜，足足二十多斤重
怕它冷，没放在阳台上
怕它热，没放在暖气片下
不冷不热，窝在客厅的墙角边

今天发现地板上有小溪
打开塑料包，白菜根部有些发黑了
尾部也枯焦不振
摘了几片叶子，三个白菜半截都有些溃烂
继续剥皮，越剥越快
白菜心也溃烂了
面对着糜烂的内心
我心生恐惧
我发现我被什么击伤了

2012 年 11 月 29 日

白　纸

我热爱白纸

热爱到不舍得揉皱，撕碎，抛弃

热爱到不舍得打印，书写，涂画

或至少正反两面都要利用掉

就像碗底不留剩饭，情事争分夺秒做完

喜欢将 A4 这么大的一张白纸

拿在手里抖动，它发出的响声

比诗歌的韵律还要美妙，它

素颜，含有树木白色的灵魂

见火，含有树木红色的灵魂

灰烬，含有树木黑色的灵魂，只是除了白色

我不喜欢看到其他有色的灵魂

落　日

一般情况下，我们不是真正面对它的

坠落

而是不知不觉中被坠落

人群集体离开当前的日子，滑向下一个

莫名其妙的日子，下一个陆沉的坡度

更多的时候，我们也看不到落日的所在

只有，楼群集体的侧脸

其间柳树集体嫩绿的侧脸

放学归来的学生集体转身的侧脸

拾荒者蓬蒿的侧脸

汽车爬行的侧脸

宠物狗长睫毛的侧脸

送葬队伍白惨惨悠长的侧脸

都在同一个时刻侧脸

一边坠落

一边露出橘红色的侧脸

2016 年 4 月 8 日

河流：一种软体动物

走近些，将手伸进河流
可以摸到一块石头，一根水草，一条鱼
却摸不到一根脊梁骨，带着水
站起来

过去，我们总是误会很深
看它匍匐着，流过大地
与乌贼、章鱼、石鳖、蛤、淡水蜗牛
一起抽出身体里仅有的骨，化作坚硬的壳——河岸
与何晏、潘岳、王戎、陆机、李义府
一起演习了中国古代文人的 B 面——
成为顺从、阿谀、猥琐的人形"软体动物"
随物赋形，完不成自己

其实不然
子在川上曰："逝者如斯夫，不舍昼夜。"
我们就应该想到——上善 若水
想到，要给别人以脊柱
河流俯下身，匍匐着，寻找制造脊柱的
细小钙粒。于是，小草站起来
大树站起来，高山站起来

还有，没站起来的平原和洼地
于是我们看到，江河日下
再也没回来

2012 年 7 月 29 日

尧山（组诗六首）

一、尧山

尧山，还真没他尧帝什么事
倒是他的孙子刘累，祭祖立尧祠于山中
尧山因此得名

山中风景奇崛
道路崎岖
自然景观山风，人文景观缆车
寂寥行人三五个，茂盛杜鹃七八丛

尧山用两千多米高的海拔
举起攀登者最后一口微弱的牛喘
而后者即便爬上玉皇顶，也找不到什么
只有腾腾云雾，被寒风赶来赶去
回不了家

二、天麻和黄金

看到地摊上一小堆药材
不禁感叹商业也能登临绝顶
因为药材能治病，同事的父亲刚好有病

同事的犯病就怎么也拦不住
掏出百元大钞，买下了那些发芽很长的
天麻和黄金
号称来自原始森林，其实在床下霉了
一个冬天。春天来了
动植物们都在寻找
生长点。总有人躲不开它

三、有女学生掉手机了

焦急地往悬崖下张望
女学生差点要哭出声来
拍照的时候还是满心欢喜，轻灵如小鸟
如今，双腿灌铅恨不能化作岩缝里的一棵松

风光无限，其他人频频按下手机快门
站在孤岩旁垂泪的女孩，终于明白
有人乐极生悲
有人正赶往其路上

四、索　道

索道就是好
不用攀登，万壑千山就向你俯首称臣了
几张百元大钞
就是阿基米德梦想的
基点。虽然你曾经劳作一天

也撬不起一张

五、杜鹃花

一进山就看见了攀缘在悬崖上的杜鹃花
那红有些得意，也有些羞怯
不单独红，一红就一丛丛
草皮越绿
越配得上映山红的美名
它，不单独出，等草

六、山 风

山风一直寻找下手处
频频失败
缆车经过山脊的时候，它又打起了精神
从肩膀，后背，腰，多处出击
像插秧人一样插完了风寒邪湿
皮夹克晚穿了一分钟
病榻上就多睡了三五天

游圆通寺

推开一扇门。露出一个世界
一个清净的林荫区域，飞出一只灰鸽子
那颜色是和尚的服饰濡染的

一本佛教刊物《彩云法雨》，也穿着鸽子的灰
在免费赠送的圆凳上，打坐。谁是有缘人
开卷的时候，可以被它带走

群寺截住的天空，沉碧温润，很像谁的眼
那些树枝高举葱郁的叶子，等不及谁量出十丈尘埃
山樱花便红彤彤杀开了一条路，天空因此颤了一下

我向佛跪下去。放下肉身！一种向下的声音
令我瞬间舒服得像一片落叶。但是没有什么
会是我的宗教。只一会儿，我清醒地把自己的身体扶起来

"有心即自在，无相是圆通"。这是我擅自剪短的一副长联
我满意自己将菩提树上的枝蔓简化了。那时寺外
飘起了蒙蒙小雨，像一场真正的法雨偕彩云铺天而来

2011 年 8 月 20 日

枯　坐

打开窗户，枯坐一个下午
青山无言，岩石裸露
镶嵌，但不扎眼

那岩石
咬住一个人的脚后跟
那岩石
洞穿一个小镇的烟火

长臂塔吊威武地向前一指
一些风雷
掠过麻雀的天空

2011 年 7 月 23 日

立 冬

府河上空的一片落叶
迟迟不落下来
它御风而行训练自己的逍遥游
冬至尚远，落叶尽量忍住摧残
立住自己的收藏
今天从火锅店回来
不打算再吃水饺
我收藏住这些火，就够了
甚至也不打算去理发店焗油
白发的生长是我活着的证据
焗油膏只不过是毁灭证据
现在，府河上空的那片落叶
刚好从我的发际，飘过

2017 年 11 月 7 日

第二辑　情感的幽林

中秋节快乐

信息发出去
半天没有回
我想我大概习惯了时光流逝之后
再也追不回来的认命
月亮，在中国人眼里悲欣交集
屏住呼吸也能听到它阴晴圆缺

终于收到回信
终于可以畅快地呼吸自己了
人终究不会长久
至少你现在是活着的
不论你愿意不愿意，今晚的月亮
我们看到的是：同一个。

2016 年 9 月 15 日

退到灭国，拒绝春风度

入秋，风渐凉，关山瘦下去
脱掉许多幻想
月白，石头黑，白露等在外
种入无数眼睛

一切很粗糙，比如风月滚过山丘
新添废墟，落英泥土里腐朽
梦在秋枝上打坐
常常跌入秋风

痴情人怀抱秋果，啃不动
许多苦，掺杂咸涩泪，三克
俗务缠身又一年，谁能腾出手
采撷三百里蒹葭，一片轻盈月下盟
不为了什么，秋水停止流
越冷河床越高，愁怨深

天地间，有宽容
正如有犯错，在正确的时光里闪烁
水宽容风，流不动，流成冰
终于冷下来，胸中块垒多
像退兵，一退再退
退到灭国，拒绝春风度

你曾经给过我种子

你曾经给过我种子
土地为之酥软，冰河为之呢喃
太阳用它的反光，尽力推开黑夜的汹涌
林间的小鸟，将春风覆盖在上面
像给播种的犁沟，培土

多年之后，春秋不再是春秋
种子还是种子
它的饱满里，蕴藏了时光的雷鸣电闪
也沉淀了生命的天圆地方．
没有什么能缚住它的生长
正如没有什么能遮住它的双眼
除了胚芽的外面还有一层种皮
除了你沧桑的手指，摁住它

2013 年 6 月 20 日

二十一楼的琴声

敲打着早晨，中午，晚上
敲打着上班，加班，下班
二十一楼的琴键子，一下，一下
从我的身心里敲出灰
就寝时琴声里可以洗浴，洗浴后琴声
有助于催眠。我有无数次想看看谁在弹琴？
比如上电梯时直接摁 21 层，掏出钥匙
装模作样开锁，然后敲门……
比如等在楼梯口，一旦发现 21 层闪烁
就上前询问，那个弹琴的人在吗……
这些念头，冒了一会儿就睡着了

我的头顶是二十一楼
每天晚上，我默念 21，21，21……
二十一楼充满我

2015 年 10 月 23 日

青色的心

常常收到信息，气息如兰
倏忽飘散时，寂静的钟表嘀嗒，嘀嗒，嘀
几处憔悴镂出来，总在够不着的枝头
长着我的红苹果

时钟继续镂刻着，千里之厚的空间
往往在变薄的那几日里，我青色的心
红得闪烁，也黯淡得宿命
世上的轮回有时候什么也没做，就一闪而过

2014 年 9 月 30 日

蔚蓝色的裙裾

你是天赋牛角尖
一出生就开始，钻
钻到我这里的时候，日暮
炊烟在高原上升起
凉风盛开你

你是有火焰的，否则
我也收不到，你的烽烟
火焰配着牛角尖，
我们常常喋血于唇齿，愈合于疲惫
茫然于一地鸡毛。狮子吼吼哑了前半生
拐杖破裂一生

破裂的还有天空
各捏一小片，星星的微光
直到有回，你说希望我们都老去
老了就可以在一起了
就可以共同捏住一片天
蔚蓝色的裙裾

2014 年 5 月 20 日

骨头酥

两滴水滴在同一个坐标点上时，骨头酥
两撮土，两支火，相似
两棵木，两粒金，不相似
这个世界如果用酥软和坚硬分界，一个是流动的
一个是固定的，还有一个正在转化中

2014 年 11 月 1 日

父亲节

我不指望儿子今天给我写一首诗
这话是我说的
也像是我爸说的
这话不重要，重要的是
我仿佛突然意识到，我居住在三代中间
向上，引领大江东去
向下，追赶万马奔腾

周围尘埃飞扬，耳畔铁蹄嗒嗒
我开始想说出疲惫，才一动念头
就感觉从遥远的乡下，父亲一记结结实实的耳光
重重扇了过来

2013 年 6 月 16 日

献给母亲的诗

乡下待久了，母亲上城转悠转悠
在一家商店，办了一张新卡
安装在儿女们退下来的旧手机上
母亲完全不知，办了新号的次日
就是母亲节

按住一片毛边纸
逐个拨通电话，告诉自己的新号
那边的回音都是母亲节快乐
母亲不咳，不喘，笑声硬朗
越老母亲越准确，不再张冠李戴
叫错儿女们的名字

母亲嘘寒问暖的功夫，着实了得
一声一慢，就回到了童年的小村口
没什么事，就是喊回家吃饭
流水，一步步远离，母亲站在源头
蒹葭苍苍
我的乳名是一只扁舟，不能回头

2011 年 5 月 8 日

母亲总使我读不完一首诗歌

大年初四，晨光好，读短诗一首

读第一行，是想让自己静下来

到第二行，母亲在厨房叫我调凉菜

天各一方的几样菜，借助春节就聚在一起

到第三行，母亲叫我烧一壶开水

本来安静的水分子，烟火一催就快速奔跑起来

到第四行，母亲拿过来一包黑芝麻糊

说别看是一把黑乎乎很好喝，顺便给我冲了一杯

到第五行，母亲呵斥我别再买郫县辣子酱

她有两包火锅底料，可以当辣酱使

到第六行，母亲说去喂鸡，从乡下搬到城里住

鸡整日圈养在鸡埘里也不好好下蛋了

读到第七行，母亲大叫开饭了

一年就这一次，母亲死死抓住我

不放过一分一秒，我瞅了一眼

还有三行诗，没来得及读

2015 年 4 月 7 日

春 捂

自小母亲说不怕穿得晚，就怕脱得早

清明不过，棉袄不脱

成长中的铁律，一背就是几十年

三月将尽，我穿着棉袄过建设路大桥

风是圆的，滚过脸庞的时候

一排细密的汗珠，也是圆的

街上行人都换了春装，唯独我仿佛来自北极

下意识满大街瞅瞅，连老大爷也不再棉袄加身了

吃完饭从大润发美食城出来，热叠加着热令我羞愧

在北方的黄土高原，春捂有它的道理

但在济南，似乎走到了真理的边缘

正当我快乐地换了春装，4 月 1 日气温骤降

怎么脱的再怎么穿上，母亲又赢了一回

2015 年 4 月 6 日

晨光中的白发亲娘

老母亲坐在门槛上
喝粥
路边熙熙攘攘的行人好似秋叶飘过
她低头在小碟子里专注地夹菜
手慢悠悠抬起，呼噜呼噜，喝粥
晨光照在她灰白的头发上
雕塑一样壮美
如果你是她儿子，从远方归来
请千万不要打扰她喝完一碗粥
秋风中的粥，喝一口就少一口了

我不知道坐在门槛喝粥的是谁的母亲
但我的眼里已蓄满泪水

2017 年 9 月 12 日

外 爷

那个还可以步行走到墓地的人

眼睛里有安详的浮云，飘过

那个天天拄着拐杖看日出的人

他的影子黑得像一块铁

那个走三步就要歇一步的人

把一生的疲惫放在地上

那个饭量越来越小的人

对于一辈子出自双手的粮食，敬畏

那个发怒和发笑表情没区别的人

满脸的皱纹完成了青铜最后的铸造

他就是那个，今年八十九，明年九十整

离开外婆三十三年而没离开我们一步的我的外公

两棵高大无比的树，遮住了风雨，下边是童年

是我和蝈蝈在玩耍，是一个三岁男孩的哭泣和飞翔

两棵树，一棵被土地过早地抱在怀里，另一棵还以垂直的

方式

将黄土之上的天空画上一个更大更苍翠的鸟笼

窗外下着雪

文字是火，发送有光也有烟
我不能确定最终的结果
是光抵达了，还是烟雾侵扰了
宁静是最好的，增或者减
都是我不愿看到的

我在编短信，窗外下着雪
北风给每一片雪花加速
我只减速，一减再减
直到彻底删除

2016 年 1 月 31 日

大　雪

季节往深里走

脚踝上的铃铛早已卸下

红头绳没褪色，羊角辫荡漾了童年

早晨的阳光，两小无猜

赶到中午，互相躲在墙后边，窥视

后晌时分，墙那边有弥天的荒凉，却空无一人

我们的季节总是这样

小雪无雪，大雪也无雪

锅盔和牙齿之间，总有一个缺席

要么在时光的转折处苍茫

要么在时光的苍老处哭泣

2014 年 12 月 11 日

世上再无姚贝娜

毫不拖泥带水

最绚烂的时刻，遽然离去

用一千朵昙花，杏花，桃花形容你都没有意义

这不是凋谢，飘落，是人间蒸发

三十三岁的肉体瞬间化灭，三十三岁的灵魂

一直在飞，美丽闪动的眼睛在飞，眼角膜在飞

中国好声音在飞，极高处的音符在飞

只有乳房是坠落的，形成人间废墟

这几天，每一首燃烧生命唱过的歌曲

一遍遍叩问我们活着的人，什么才叫活过

什么才叫天鹅之歌，你来过了，是短暂的辉煌

载着最青春的流水，波光粼粼而来的

你刚离去，瞬间的黑暗和冰冷让我们

虚弱得一时找不到站立的扶手

找不到一朵花儿上的高音，第二次绽放

2015 年 1 月 18 日

花　朵

玫瑰和百合，陷入尘埃已多年
只有我的玫瑰和百合，踏雪无痕
它们的明净，带着最初的盛开
谛听春天，不急于浪费一片花瓣

花到荼蘼，人到老，白发不感伤
你看，我怀抱的花朵，一直在怀抱中
它们绽放得很羞涩，凋谢得很安详

2014 年 2 月 14 日

巡山记

自从干上鉴定植物标本这活计
我发现我要重新审视
世界和我的关系，我和你的关系
有限的植物俗称和科学的命名之间，俗称渐渐败退
无芒稗，茜草，灰绿藜在枯萎的晚年里
被你一一认出。而我得想象它们在春天是什么模样
棉团铁线莲，断穗狗尾草，紫色千穗谷绊住了
走得热气腾腾的双脚

释放了多年来险些收紧的河水
好在没有人对我巡山，我可以静静享受
我仅有的俗名植物世界正在烧毁，余烬
落在贫瘠的岁月深处，轻软地，沤成钾肥

2014 年 2 月 4 日

水和米

水和米，五百年前是一家
现在谁也不认识谁
却一同走进一口锅
淹和被淹，都有些不适应

锅盖一盖，就是民政局的图章
即便沸反盈天，性质也属于家庭内政
只有我和你了，这世界
这黑暗，这密不透风的阳谋
这人间轻易穿不坏的合法外衣

时间之火烧了上来
拥抱都是被动的，唯一主动的是
水往米里边钻，米往水里边钻
一年过去了，十年过去了，五十年过去了
爱情都变成蒸汽跑掉了，时间之火还在烧
而这一锅老粥再也分不清
你中有多少我，我中有多少你
米跑到哪儿去就带着同样分量的水
水跑到哪儿去就带着同样分量的米

谁也跑不过自己的命

也跑不过时间之火，即便干锅了

还能听见"嘎巴"一声，米和水齐声喊出的

痛

2012 年 11 月 6 日

致爱人

这个话题太致密
总插不上嘴
直到你因为一件小事
在电话里大发雷霆
我才有机会叩门而入
并顺手
别上门栓

2017 年 9 月 3 日

床

睡在右边的时候，左边是空的
睡在左边的时候，右边是空的
睡在中间，两边还是空的
干脆爬起来，沿墙壁找了一圈
不仅床是空的，整个房间，整个世界
整个前半生，都是空的

水　面

小河在跑，落叶跟着也跑了
水面上少年的快乐，原地不动

大湖很安静，船桨很躁动
水面上青年的漩涡，把青年扭曲了

终于看到大海，不断翻卷的水长大了
水面上中年的壮阔，让中年独上高楼

这些都不重要了，自从遇见你
才知道流淌，扭结，翻卷只是彩排
你的水面，一步来到大海

人间有深险，你有叵测
余生一愿是当一名水下探险员

2015 年 8 月 26 日

第三辑　古典的回声

成语诗歌之一：刻舟求剑

楚人的楚也可以是一个形容词
正如鲁人的鲁
和地域没有关系。它们是一对笨花
它们的盛开，也是牡丹的盛开

好好的一柄剑，就坠落了
在人不离剑，剑不离人的时代
一柄剑就是一根肋骨
坠落的一刻是多么惨痛

那时的刻舟人，是很不幽默的
失手打碎瓷器的几秒寂静里，谁比楚人更聪明
栏杆拍遍，十里长亭
哪怕捡到一支雁翎，也能解人于倒悬

"可怜无定河边骨，犹是春闺梦里人"
刻舟求剑的人长着木质的脑袋，人比黄花瘦
黄花长在岸边，这百合科多年生草本宿根植物
再大的流水也带不走，它们的伫望

2013 年 9 月 24 日

【原文】：楚人有涉江者，其剑自舟中坠于水，遽契其舟曰："是吾剑之所从坠。"舟止，从其所契者入水求之。舟已行矣，而剑不行，求剑若此，不亦惑乎？

——《吕氏春秋·察今》)

成语诗歌之二：朝秦暮楚

这一生，再也不可能结秦晋之好
你有你的桃花坞，我有我的首阳山
有快马，不如有迅疾秋波
箭在弦上吃准了远方
御风而行的人，吟出古诗一句：
千里江陵一日还

都是平凡人，平凡国
朝秦，向人间烟火跪下去
暮楚，向命运权杖跪下去
鄙视是乱世中的天池水，谁有资格
时间的火焰滚过，见灰烬

又是秋季，一样的露水白至寒
晨曦和晚钟，正在穿越一只蜗牛
它曾经大胆迈出了庭院
如今又缩回了那座小房子

注：朝秦暮楚这个成语出自宋朝晁补之的《鸡肋集·北渚亭赋》："托生理于四方，固朝秦而暮楚。"

成语诗歌之三：程门立雪

那天的雪好大，那天的心好兔子
风是凉的，尖利的嘴越咬越深，但雪在烧
一个求知的故事不如一个求爱的故事
令一场雪下得更庄严
杨时和游酢只能留一个人
程老师不如换程家小姐

不论谁家的门，都有开闭的枢纽
老师的睡眠拧死了它
情人的心扉半掩着
它幽藏的馥郁，泄漏一点就少一点
伫立风雪中的人，仿佛戒严

那一天的雪好大，整个故事是这样完成的
起初是纷纷雪花踩着我的头顶，我出发
最后是我踩着雪花的头顶，抵达你

2013 年 9 月 27 日

注：程门立雪故事典源：杨时和游酢早年曾向程颐学习，并且考取了进士。一次，俩人又相邀到洛阳向程颐求教。到了程家，先生程颐正在闭目养神。于是，两个人便站在门外恭恭敬敬地等候。等到程颐睁开眼睛，门外纷纷扬扬的飞雪已在地上积了一尺厚了。

——《宋史·杨时传》

成语诗歌之四：合浦珠还

初，一切都是那么勃发
人之初，国之初，邂逅之初
初这个汉字里有着种子萌发的气息
直到后来，初就丧失了
柔嫩的皮肤，鱼尾纹越游越长

面对珍珠的废墟，孟尝君没有
袖手，也没有成为废墟
他甩开膀子，挖掉岁月的淤泥
回到起初，等待蚌
正如人间情爱，如何拯救后来的松弛
过量的呢喃和守望，也能成为废墟
珍珠蚌游走了，带走珍珠心
天地黯下来，整个合浦灰头土脸

呼唤孟尝君不如成为孟尝君，向着起初
泅渡，要抓住第一个，而不是第三个馒头
就这么简单，你回到当初
珍珠蚌回到合浦

注：合浦珠还故事典源：孟尝君到合浦当太守，合浦原来盛产珍珠，但由于官吏滥采，使得珍珠蚌迁到别的地方去了。孟尝君就任后，发现过去的许多弊端，对滥采滥捕、贪赃枉法现象进行整顿和治理，于是珍珠蚌又回到了合浦。

——《后汉书·孟尝君传》

成语诗歌之五：蕙心纨质

从一群恣意的花草间，找到你
蕙儿。从一堆闪烁的布料间
找到你，纨儿。你们拒绝待在旅馆的
布草间，你们只在时光深处
呼唤心灵的箭镞

你们是中心的中心，却不扎眼
偶尔化作妙曼的身姿，与溪流比照一下
再迅速深藏了。人间有丝绸之路
你们不远嫁，人间有大草原
你们捉住马蹄，玩

生命的河岸未必有玉树临风
但是你们懂得等
等那些心灵像鼻子的人，等
那些手指如婴儿的人。只有小心摩挲
才有山花烂漫

注：蕙心纨质，指心灵如蕙草芬芳，品质似纨素洁白。比喻品行高洁。

成语出处：南北朝鲍照的《芜城赋》："东都妙姬，南国丽人，蕙心纨质，玉貌绛唇。"

成语诗歌之六：心猿意马

猿和马，来自寥寥旷野

来自无风的夜晚

来自独处

一旦活跃，带起暴风雪

静水里掀浪，无风中起风

互相撕咬，像不共戴天的冤家

然后分不清雌雄

然后分不开仇雠

终究心猿驯不了意马

意马制不住心猿

两个苦命人，扶住对方的弱小

在落花流水的世界里，相依为命

意马无名，心猿也只是弼马温

他们无休止地跳跃和奔跑

完成修行

注：心猿意马典源：汉朝魏伯阳的《参同契》："心猿不定，意马四驰。"唐朝许浑的《题杜居士》："机尽心猿伏，神闲意马行。"

成语诗歌之七：堕甑不顾

我听到了响声，但已来不及扶起
泥土，水，塑形的手，火焰和等待
一切的一切重归泥土，已来不及
赶在终结的前一秒，扼住
破碎

如果泥土里含有爱
火早已替代了水
如果火中含有爱
再也不能烫伤谁的手指

即便不回头，那声音还是很大的
余音袅袅，拖曳巨大的魔力
"宁为玉碎不为瓦全"
火与水不在现场
泥土在。也就一会儿工夫
声音消失了，就像从没发生一样

注：堕甑不顾典源：甑：古代一种瓦制炊器；顾：回头看。
甑落地已破，不再看它。比喻既成事实，不再追悔。成语出

处：《后汉书·郭泰传》："客居太原，荷甑堕地，不顾而去。林宗见而问其意，对曰：'甑已破矣，视之何益。'"

将云南大观楼长联改写成一首现代诗

今天，约了滇池五百里长影

约了空茫茫片刻的辽阔

约了东山，西山，南山，北山的

奔突和蜿蜒

一起撞开，我粗布制成的襟帻

我登楼，肋间要长出翅膀

还有谁，没有约？那些高人韵士若到

恰巧与蟹屿螺洲，被柳丝最纤细的手指

抒掉纷乱世事

白茫茫芦苇世界，捕获翠羽丹霞之际

一介布衣的我，正捕获了香稻晴沙芙蓉杨柳的

万种风情

人在楼上，乱云飞来往昔

汉唐宋元只是一粒粒尘埃，谁与英雄

一呼一吸间，收住半壶老酒，与时代碰杯

仅仅一刹那，多少暮雨朝云翻过

多少断碣残碑湮灭，留下残烟落照，和我

也将被一风刮走。此时大雨袭来

钟声敲不出我的泪水

渔火烘不干我的衣襟

秋雁提我不起，清霜冷我多年

一首长联的韵脚是沸腾的，一直熬煮名楼

几百年长风浩荡，就靠诗人的那一点点情思

朝朝暮暮燃烧，湖光山色的古今

附录：

原对联作者：孙髯翁，对联如下：

上联：五百里滇池，奔来眼底，披襟岸帻（zé），喜茫茫空阔无边。看东骧神骏，西翥（zhù）灵仪，北走蜿蜒，南翔缟素。高人韵士，何妨选胜登临。趁蟹屿螺洲，梳裹就风鬟（huán）雾鬓（bìn）；更苹天苇地，点缀些翠羽丹霞，莫辜负四围香稻，万顷晴沙，九夏芙蓉，三春杨柳。

下联：数千年往事，注到心头，把酒凌虚，叹滚滚英雄谁在。想汉习楼船，唐标铁柱，宋挥玉斧，元跨革囊。伟烈丰功，费尽移山心力。尽珠帘画栋，卷不及暮雨朝云；便断碣残碑，都付与苍烟落照。只赢得几杵疏钟，半江渔火，两行秋雁，一枕清霜。

移　居

南村，南村
多少个夜晚偷走我的心
我不信堪舆学，只信素心人
将身体交付光阴的人，最终讨回了早晨和黄昏
这是我的夙愿啊，终于开花结果

对于住所我的期待很浅，大而无当太深
一张床铺一块席子就足够我发芽了
邻居们常常泅渡着过去的故事，来串门
一个个大嗓门，吐沫横飞全无妨
若能赏读文章，我们就成了收割炊烟的人

读书像漂流，惊呼里飞溅的水花是不凋谢的
遇到迟疑的暗礁，大家小心翼翼绕过去
或者慢下来盘桓几圈，看看水域里究竟藏有什么鬼
竟敢怀抱黑暗和淤塞，蹲伏在我们的航线上！

附录：

移居两首（其一）

[晋]　陶渊明

昔欲居南村，非为卜其宅；闻多素心人，乐与数晨夕。怀

此颇有年，今日从兹役。敝庐何必广，取足蔽床席。邻曲时时来，抗言谈在昔；奇文共欣赏，疑义相与析。

卷珠帘

卷珠帘不隔风，满堂春意，坐不住
篱外小少年，一曲杨柳又起风
剪剪风如雨，湿了绣花鞋，红花丛中黄蝴蝶
素净稿纸墨未干，写了上阕，还剩下阕没着落
轻裳扑流萤，缥缈情丝笛声乱，荷塘鱼儿起涟漪

从此，高墙大院黄花瘦，带着血丝落
春眠不觉晓来迟，愁绪胜柳絮
有上高台驮着月色飞，有下花园
吧嗒吧嗒，落满篱外凉石几
朱唇含青梅，竹马结蛛网，恍惚宋朝

多年之后再回首，分不清发黄岁月悠悠卷珠帘
是隔了西厢泠泠语，还是隔了红楼，雍容

2014 年 1 月 7 日

上元之夜

花灯百般缠绵一棵棵树，不顾月色
红尘。烟花只与星光比照了一下
就再也没回来
在百花盛开之前
这一切，都在东风里
先盛开了一次

车马的宋朝流过古老的街市
凤箫声声慢
吹翻玉壶里的皎洁
那些鱼儿龙儿的小灯笼穿越黑夜
却穿越不了自己的光

这是一个娉娉婷婷的世界
蛾儿，雪柳，黄金缕。搀扶着
笑语盈盈的一缕香
一路远去

还有什么能深过今夜的低谷
沉落在低处的心事
再也开不出花朵。忽然风起

谁在暗处闪烁，我心里

有一只兔子，开始

蹦脱

注：源自南宋辛弃疾的《青玉案·元夕》。

原文如下：东风夜放花千树，更吹落，星如雨。

宝马雕车香满路。凤箫声动，玉壶光转，一夜鱼龙舞。蛾
儿雪柳黄金缕，笑语盈盈暗香去。众里寻他千百度，蓦然回
首，那人却在，灯火阑珊处。

枫桥夜泊

孤月，落成霜

我落成枫叶里的一滴血

坚冷如石头。江枫和渔火

轮番争夺一息白发里的热气。这时起雾了

这时，一声乌啼唤醒了三千里江水

每一波江水都能呛死一只鸟

这时，想睡，睡不着，飘摇的船儿抛锚了

寒山寺啊，寒山寺，你总是恰如其时

打出一排钟声

将，我的风烛残年

我的空空行囊

我的老船，一一击中

——灌满霜

2012 年 7 月 13 日

注：源自唐朝张继的《枫桥夜泊》。

月落乌啼霜满天，江枫渔火对愁眠。

姑苏城外寒山寺，夜半钟声到客船。

第四辑　乡土的遗响

还乡记（四首）

涝

三伏无雨。多年的谚语镂刻在
黄土上。今年，老天改写了它
淫雨三伏，黄土酥掉了骨头
窑洞相继塌陷，像许多呼号的人
终于闭上了嘴巴

因为凌厉和干旱
陕北还能挺住脊梁，生儿育女
一旦淫雨缠绵
陕北就垮了。农人流离失所
开始怨恨，这朝思暮想的雨水
仿佛每一滴雨里，都藏着一只狐狸

青　苔

青苔不是陕北独有，只不过
陕北的青苔会画树
就画树荫那么大

活在树荫下

死在光秃秃的大路上
青苔只知道寻找庇护
才始终没有出路

稀　薄

还乡是一颗蛋，外面是厚厚的壳
所有的交通工具只是为了
撞破它

还乡是几颗蛋，怎么也看不清
藏在年月夹缝里，恍恍惚惚，它的位置
还乡前很期待，一个汲水的人越走越近
少不了亲友聚会，也难免绠短汲深
推杯送盏，让酒精举高红尘里
你我，共同的低微

再次觉得空气很稀薄，清风裹挟着炎日
像一个退伍老兵独自站在废墟上
黄土在沉睡中
它需要裸睡，不需要青草遮盖
它的灵魂需要被大风携带着四处奔跑
我不惜避开"绿色""环保"这些词儿
不惜刮起一场沙尘暴，让空气稠起来
让归来的游子劈面就能闻到黄土味

那个小山村

那个小山村，新窑洞与旧窑洞
并置。逐渐减少的人口，偏向老龄化
最终一切都将变老，老人入土
老房子倾圮，地老天荒

逐渐减少的青草，死于除草剂
还乡的那一天，我看见发黑发硬的草杆子
像遭遇火刑的囚徒，他们多么想，多么想
死于锄头

黄河流经门前，一下子打开了小山村的小
一个巨大的太极湾，运转着古老的文化
荒榛，野岭，悬崖，峭壁都挡不住那股奔袭
还乡的那一天，我躺在青草深处
我掉不进湛蓝的天空，也掉不进浑黄的河水
这种距离让我心酸了好一会儿

这里不是我的出生地，却是我第一故乡
我的身体里蓄满了这里的风土和父老
我和他们说着同宗同祖的方言
如今，我的白发爹娘在青山绿树间隐没，劳作
按时点亮灯火，按时升起炊烟

他们是人间的佛陀，通天河就是黄河

每一次还乡，我都是走在西游的路上

村　庄

好多年没回去了
村庄坐在山坳里，抽着炊烟玩

小路上没车辙，羊粪蛋蛋满地滚
一直滚进了屎壳郎窝

谁家的大公鸡才亮出一嗓子
时值正午，天地间突然瘆得慌

阳光模仿钻子，组团钻过来
有几处田畴冒烟了

老母鸡在树荫下，抱窝窝
七八只小鸡雏，翅膀下钻进钻出，逛城堡

那年春天，为了做一支柳哨
我们的童年就撒丫子，爬上了树梢

王二妮的《圪梁梁》

安塞腰鼓是木讷的。怎么敲打
都闷声不响，腾起的尘埃叫苍凉
民歌抓住鼓皮里的舌头
将低沉，一步步引向高亢

那时的高原，集体将怯懦踩下去
卷起一团尘，一片云，一个人力打造的磨盘
磨五千年黄河文明的麦子和高粱
喂一个民族孱弱的红肚兜和白手帕
包裹的火焰

王二妮，这个安塞农家女子
一走出山洼洼上的羊肠小路
黄土高原就开了窍儿
清风细雨湿梅花的嗓子
土，不掉渣。酸，不瘆牙
借普通话的翠绿叶子
唱出陕北方言的弥天花粉

"对畔畔的那个圪梁梁上那是一个谁
那就是咱们要命的二妹妹"。于是

山丹丹红了，麦子黄了，民歌青翠了
那些凡是叫二妮的女子，集体跑起来
像一只鲸鱼的背，起伏在高原的山谷间
旱季退去，一场东南风，杏花雨，旱地雷
滚过高原，让默哑的黄土地开口说话

故乡的母亲和她们的孩子们

这些皮肤黝黑的短裙苗族母亲，与我北方的母亲
没什么不同。她们的白，集中在牙齿
和形形色色的银饰上。她们高高绾起的云髻
有更加纯粹的黑，高举在民族的高处
她们儿女成群，生育力旺盛
安置在背部的小背篓，是另一个子宫
从里边爬出桃李，杜鹃，茭白，莲藕
还有宋祖英，刘媛媛，阿幼朵

这些短裙苗族母亲，住岩寨的吊脚楼
吃大米、黄粑、糕粑、糍粑、饵块粑
她们讲侗语、瑶语、水语、苗语、仡佬语
也讲汉语。她们还有一群儿女，叫
挑花、刺绣、织锦、蜡染、银饰
她们年轻时，穿百褶裙，跳芦笙舞
如今，她们站在旁边，看儿女们高举太阳
舞动棕榈色的微笑，加新鲜的丝绵
于百褶裙。于是，山体一样健硕的
腰肢，流过一条服饰的河

苗族飞歌不敢轻易唱啊，一张嘴

一条都柳江就奔腾而出。再一张
一条清水江就潺潺涌动。在闪烁的音符里
她们不再是母女，而是亲密无间的姐妹
她们有一个共同的名字，叫流水

陕北风物系列之一：红枣

[背景材料]：电话得知，陕北老家里在霜降时节费老大劲（只有几个白发苍苍的留守老人）收回来的枣子，因秋天雨水多，大片腐烂化脓，不可收拾。一年辛苦白费，收成大减，一群留守老人，大眼瞪小眼，直呼此灾百年难遇。天不佑人啊。

不知道能否解开这枚果实
溃烂之前的
美好和秘密，正如一切事物腐朽前的神奇

轻捏一枚红枣，挤出它木讷的语言
是不容易的。坚硬的核儿是脾气，挤不出
打从木质的糙皮里长出来，它的方言覆盖了黄土坡
它闪耀，它高擎，它怀揣蜜糖
它皮薄肉厚核小，给中药减去苦，却讷讷不语
时常龟缩在北方农民的口袋里
医治他们的脾胃不和，饥饿，以及悲伤

在资源家族，它比不过煤、天然气和石油
只好用红色覆盖青涩，把甜藏在心里头
从一朵小枣花开始，它就拒绝喇叭花的大嘴巴
它坚韧，内敛，沉默。它多彩的一生是这样走过的：

青疙瘩、青涩、半红、通红、糖心和棉心

满是荆棘的枝头，红枣们对自己的前半生守口如瓶
秋季，为了让这些固执的孩子吧嗒吧嗒掉下来
农民们猛摇树干，或举起枣杆子抡啊
有枣一杆揽，没枣一杆揽，像刑讯逼供
从寒露到霜降，红枣老得不打自招了

越是"脆红"时期，越是怕水
秋雨，裂开红枣，实施殖民主义
腐烂开始了，蔓延成死亡之河
秋收时，空巢老人们蜗牛一样捡回来的
再奔马一般烂去
像一个怀胎十月娩出的孩子
在雨水和无力看护的褴褛里，再一一饿死

2011 年 10 月 20 日

陕北风物系列之二：黄土

黄土，生于地质学上的第四纪
死于地老天荒
只要活一天，就不想活成平原的平
向上，向上，隆起的大地
一路拔高，一座高过一座
高成黄土高原

在北中国，风是一种交通工具
带着黄土，与日月星辰齐飞
水也是一种交通工具
带着黄土，黄河九曲十八弯，入海
远方是用来抵达，不是用来眺望的
离开的成了什么也不改黄土的黄
留下的除了黄土再也成不了什么
这一片土地，生长土豆、高粱、小麦、谷禾、红枣、信天游
唱着信天游吃着红枣喝着黄河水的华夏儿女，他们的皮肤
五千年了，一直是谷子的颜色

尘土飞扬的日子，我埋怨道："黄土无时不在吃人哩！"
"人吃土一世，土吃人一口哪！"
父亲的声音将年少轻狂的我打回原形

于是，漂泊在外多年，不论醒着还是睡了
都得紧抓黄土，不敢松开手

2011 年 10 月 22 日

陕北风物系列之三：窑洞

这是先祖走进大山的一种方式
把巢居让给鸟，把黄土从大山里挖出来
不扔，轻轻放在硷畔下

纯粹的土木石结构，守护纯粹的柴火
烘热大炕
多毛的手在泥土里褪尽
裸露出粗糙的指关节，弯曲如火焰
男人靠健壮的肩膀扛起八百里风沙
女人靠纤细的手指纺出四千亩棉花的
呼吸。才一琢磨，又发明了孩子

敞开窑洞，火搬进来
猪狗牛羊鸡搬进来
这个被称作"家"的地方
也聚集着年终的忧伤
节日里的屠刀往往带着泪
不忍砍断炊烟，也不忍就此裁员

沿古铜色的土地望过去
天空蓝得触目，飞天的梦是不敢想的

剪贴窗花的红棉袄女子
屋檐下眯着眼，迷死后生小子

黄土腾出的地方叫窑洞
有婴儿在啼哭，也有猪狗在争食
黄土腾出的地方叫墓穴
有尸骨在腐朽，也有嫩芽在破土
被腾出的黄土叫流浪
有逆旅在延伸，有白发在回望

2011 年 10 月 23 日

白月光

不久前，回了一趟我成长的小山村

绿草遮盖了硷硷畔畔

怎么拍照都不是旧时模样，一群麻雀

刷一声飞起，刷一声落下

从上硷里飞到下硷里，风一样自由

直到夜幕降临，月亮升起来

一群童年的孩子在白月光里捉迷藏

牛乳一样的流光里，惊呼，大叫，朗笑

我才下意识地按下了相机快门

2017 年 10 月

老皇历

车上有三个人

不断说着一件事，很快就听明白了

是母亲，儿子和未来儿媳妇

挑结婚日子

三个人传来传去的就是一本老皇历

哪一天宜结婚哪一天不宜结婚，吵得凶

核心处是，这一天"宜结婚"还不冲犯家里任何一个属相

比如男女双方不能冲

男女父母亲不能冲

男女兄弟姐妹不能冲

男女侄子侄女不能冲

一本老皇历卡得死死的

一年三百六十五天

除掉不宜结婚日

除掉冲犯亲属日

除掉大事不宜日

这一年就没剩几天好日子了

未来媳妇和未来婆婆吵

儿子和母亲吵

开始一个人呜呜咽咽哭

接着另一个也跟着哭

最终，三个人一起哭

2017 年 10 月

郊 区

进城二十年，从一块砖出发
抵达千万块砖砌成的宏伟大厦
手下有了一大帮人，有搬砖的
有垒砖的，也有几个在测量头上的汗珠

一张钞票，一夜间就能变成千万张
这样的速度，比觥筹交错更快
每天得费很大的劲才能把城市的辎重卸在沙发上
头一挨枕头，乡村就铁马冰河地进入梦乡

最近，那辆奥迪频繁行至十公里外的郊区
阳光下，草和树绿得肆意开阔
这里没有亲人，没有朋友，也没有仇人
他随便抱住一棵树，哭上一阵儿
然后驱车，赶回去上班

2016 年 4 月 24 日

第五辑　旅馆主义

清华大学国学研究院时期的旅馆

1925 年 2 月，清华园的第一朵桃花
刚刚绽放一半，国学研究院欣然替她绽放了另一半
胡适之吹出一缕春风，曹云翔校长敏捷地抓住了它
无须大兴土木，只派海归男青年吴宓手执聘书
四家导师立即被拿下。一群海外飞来的野鹤
乐意飞落一片草甸，国学研究院就是他们的旅馆

期间有两幕喜剧，搬上了旅馆舞台
陈寅恪除了学问无博士、无硕士、无著作
曹校长左右为难，推荐人梁任公四两拨千斤
盘活了一盘棋，历史在这里打了一个惊雷
"我也算著作等身了，却没有陈先生寥寥数百字有价值"
这就是国学院

还有一位叫李济的青年考古学家，被美国费利尔艺术馆考古队
毕士博（C. W. Bishop）队长牵着，终以特聘讲师的身份
错过五大导师的历史品牌，他心里有数
考古是他的旅馆，教学是旅馆灯笼的光芒

1927 年 2 月，北伐军进逼北方，时局大变
天翻地覆的力量，让国学大师的心脏，缺氧

6 月的一天，王国维只身坐黄包车投颐和园昆明湖
湖底才是他的旅馆，吸氧，吸氧。遗书里娟秀的小楷
成为末代孤魂的最后心语，殉是一个冰凉的汉字
"五十之年，只欠一死。经此世变，义无再辱"
1929 年 1 月，梁任公病逝于北京协和医院
国学研究院从此桃李俱散，深藏在民国时期的这一座旅馆
因现代大学分科制，割离了文史哲合一的蔼蔼气脉
一股有奶的炊烟被拦腰截断，沉寂 80 年之久

2009 年 2 月，鄂人曾曙光创春睡美旅馆，旅馆主义在尖叫
2009 年 11 月，学者陈来和刘东重建了清华国学研究院，
祖先在尖叫
2012 年 1 月，秦人黄土层受命接管旅馆人马，沙尘暴在
尖叫
2014 年 9 月，秦人哑者无言受命接续旅馆香火，青灯在
尖叫

这些，不过是清华国学研究院时期旅馆的，寂寞身后事

2015 年 3 月 27 日

双床房

更多的时候，一个人住进双床房
并不为等待另一个人的到来
也不为堆放衣物，多买一个铺
深夜一件一件脱下，另一个自己
灯光下看得清楚
熄灯后也不孤独

大床房

一个人变幻指针

在钟盘上自由，移动时光

如果是两个人变幻指针

情况则是：时间骤热骤冷

产生的灰烬冻住指针

仿佛一只坏钟

特价房

退到边角地带，退掉窗户
有的退到古墓地宫，只有一道小门
如果不是会员的特价房，你真的无路可退
或许是一份不错的烤鹅，竟然退到丹麦
那个卖火柴的小女孩，有时会复活
有时会再死一次

美艳卡片

卡片上没有毒，只有青春的指纹

卡片上没有罂粟花，抚摸过的手会上瘾

卡片上的广告画被绚丽的光圈，钉住雀斑

直至越来越深，超出了光圈

投放卡片的小男生也就十八九岁

他们还不懂得真正的春天

他们从门缝里塞进一张又一张卡片

一转身，先把自己给看扁了

电视机

如果房间里无书，无人，无眠
每一面墙壁被日光灯抹去了阴影
你不是达摩，不想诵佛念经也不想数羊
却按不住无中生有，这时，打开电视机
以为要什么有什么，以为这是一个电子母亲
转瞬间就会生出无数的声色犬马
结果，一匹食量巨大的母马吞食了黑色
和白色的时间，诞下荒原

布草间

每每进入一家旅馆，我总会留意
名叫布草间的那一间，三个字多环保啊
一个堆放扫把水桶新旧床单被罩的地方
由布、草、间三字一包装，充满了神秘色彩
我甚至觉得，像一个安静的乡下妹子梳着麻花辫
不多言语，与城市保持距离，与豪华的大床隔膜
只是在消费主义意兴阑珊之后，才出来清场
有一次我恰好经过布草间，门"砰"一声关闭
里边传出女子神秘的哭泣声，又被什么迅速捂住

服务员

你来的时候，她们的工作已经结束
一切都是崭新的，雪白的传单还残留着
阳光的味道。你将离开，你不知道留下了什么
值得她们的手指一遍遍捋啊捋啊，捋到
你来之前的模样

旅馆主义

月落。乌啼。酒旗和炊烟画出半个江山
那另一半裹在王者破败的长麾里，不忍展读
陈旧的意象。一声尖叫，汽笛撕开江枫渔火
从此再也合不拢重门宫阙里的一帘幽梦
那个长衫飘飘的褴褛旅人，立在船头
指挥风雨，却被风雨压回船舱
寒山寺只是一座建筑，钟声放飞的孤鹜
向千万朵落霞追去，翻越旅馆一道道屋脊
而旅人心头的寒霜，总也翻不过去
后人打开"旅馆主义"这部经卷
竟然发现——著者不姓曾，也不姓黄

2013 年 11 月 13 日

一年里最后一个旅馆

这一年，我走过的地方绘一张地图
江河湖海略去，高山峻岭
略去。严寒酷暑略去
车马舟楫略去。才子佳人
略去。好风朗月略去
就只有，一个旅馆连着另一个旅馆
中间是奔波的云和月
天天吵醒故乡的蛐蛐窝

世界末日那一天，我在南方的一个市区
我幻想着一旦楼层倒塌
有幸存者来救的话，刨开的一定是旅馆的砖瓦
砖瓦里间或一轮的眼珠子已经是旅馆的一部分

2012 年最后一个旅馆是七天连锁酒店
"神看着一切所造的都甚好。有晚上，有早晨，是第六日
第七天，万物齐备，歇了他一切的工，安息了。"
驻留在七天的旅客，要么放松成一堆烂泥
要么被重新塑造。首先成型的手指
扣住旅馆的墙皮，写下新纪元的新文字

2012 年 12 月 31 日

一只旅馆主义的鸽子

轻盈。懒散。疏狂
一只鸽子的翅下藏着一场风暴，它飞出
一片白，另一片白
除了咕咕，不白不云不语
正如一个旅馆，内壁五颜六色，
外墙却是白色的
现在就说这鸽子吧，它正穿越"天地"
经历"光阴"，将苍茫一点点穿透

起飞和落脚
是它生命中的一段刻度。一把闪亮的卷尺
拉开就再也回不去了
羽毛内敛，红喙小巧，正如一个古装仕女，从不
散乱发丝。不慎掉落
羽毛
尘埃因此尖叫

它的优雅，是风尘洗出来的
尘埃八百里，风月不过二寸
翅膀一扇，一一烟消云散

万千屋脊留不住那缕风，万里河山
留不住那抹虹影
一只旅馆主义的鸽子
要么在云上小憩，洒下
花雨。要么捉住春泥新芽，放走
桃花
流水

2012 年 4 月 29 日

是旅馆，等着你枫桥夜泊

一

总会有那样的时刻，黑魆魆的陌生小镇

火车离开了，我留了下来

秋夜，水边的枫桥早已画好了眉毛

渔火摇啊摇，摇到芦荻岸边

一只飞蛾寻找光，我寻找旅馆

柴门吱吱呀呀开了一条缝

露出的健硕腰肢微微扭动了几下

一场江枫渔火就尘埃落定了

二

有时候，不在晨风里喂马

不在大屏彩电里存放时光

不在浴霸垂下的千万个小舌头里　错过

深呼吸

不在二十二点之前　脱得

不能再脱

不在一场梦的边缘，玩蹦极

不在白床单上睡出春天

优质的早餐券，能

赎回晨风里的人间烟火
午夜电话，却没法不被我掐断线路
如同掐断
大爆炸前的导火索

三

离开旅馆，不带走旧地名。城市
与城市之间，经历无数乡村
芒鞋匹马秋风，岁月结绳记事
唯一的伙伴从高处，掉下羽毛
唯一的行李是寒山寺的钟声
自从旅途成了旅馆放出的一条狗
你就分不清哪里是江湖，哪里是枫桥

第六辑　土哲学

机　器

从二十三层的窗口

看眼前错落的楼顶，就是一个巨型沙盘

沙盘上飘扬着几面国旗，倒很精神

此刻世界安静得像一座废城。我有些颓废

仿佛我亲手创造了这一切

远处还有更高的楼盘正在升起，机器的巨型手臂

不停地拨快自己和这座城市

而我不想快。长时间对视斜阳

平静内心的纷乱和轰鸣

年事渐高，需要润滑和冷却

2015 年 10 月 8 日

自画像

我需要一面镜子
照出德尔斐神庙前的文字

这样的镜子和文字比月亮的光芒
更难捉摸，因此我一边寻找一边错过
直到 40 年之后
我才找到湖水，这别人的眼睛
找到文字，这旗帜一般的飘动

说自己，说什么好呢
从无限的海水里捡出一朵浪花
捡出波涛汹涌之后的疲乏和忏悔
捡出清澈与浑浊，沙子和盐

竟然一切都是错的
男怕入错行，我竟然懒得惊叫一声

2016 年 5 月 9 日

安瑟尔谟的三段论

安瑟尔谟的优点是使用了逻辑论证
而非信仰强加的方式，证明上帝存在
安瑟尔谟的弱点是他的三段论四处漏风
与武断和强加几乎没有差异
现在，就看他的三段论：
"上帝是不能设想比他更完美的东西"
"不能设想比他更完美的东西"
（正因其无与伦比的完美，所以）
"不仅存在于思想中，而且也在实际上存在"
（否则它就不是无与伦比地完美了）
"因此上帝存在"

此论一出，首先遭到同时代人高尼罗的猛烈驳斥
后贤们如休谟、康德、罗素等人也相继抨击
安瑟尔谟一边被历代哲学家们打成筛子
一边头戴中世纪圣徒的桂冠，编制筛子三十多年
一边埋下理性论证的种子，任其发芽
这不是安瑟尔谟的初衷，却成就了另一顶帽子：
"最后一个教父和最初一个经院哲学家"
读西方哲学史的这一段，我就想一个问题

当黑暗黑到走投无路的时候，脚底一滑
就有可能"哧溜"一声擦出，消灭自身的火苗

2014 年 5 月 3 日

睡眠与上帝

出自你的手，被你抚摸
睡眠中的人啊，尘世的纷扰再多
都被一只手挡开了，这是一天中也是一生中
难得的美好时光

世上没有永动机，上帝发明了作息
自创世以来，上帝忙于造人
昼夜不休，只在星期日休息一天
只要是入睡的，夜晚疲惫的人类产品
都能得到检修或清洗

上帝不是万能的，失眠的人他就无法亲近
排除一个人对于人世的负重，不睡怎么行呢
上帝也会叹息，当无能为力的时候
就放下，不纠结满满一群羊的得与失
他尽力做到最好工时的劳动量，不发笑也无言语

是啊，昨晚还在床笫上腐朽的人，垂垂老矣的人
心力交瘁的人，今天早上就焕发了生机
被上帝的手抚摸过一遍的人
就像刚刚造出来一样，活泼新鲜、明眸善睐

2015 年 1 月 12 日

泰勒斯

从神话宇宙论的袋子里，泰勒斯探出头颅
第一次发现水这东西有点意思
比如观星象，水在头顶浩瀚无际地荡漾
比如它起初化育万物，终究收回一切
比如湿润处长出青草，比如……
"扑通"一声双脚踩空，泰勒斯掉进一个坑
眼前的星星比刚才更多了
他稍做镇定，眼睛往下瞄了瞄
屁股上全是泥和草屑，这不影响他预测
日食时间和来年橄榄的丰收。泰勒斯终究疑惑
这一掉，哲学家一直向上看的眼睛
现在被迫向下看。蹊跷的是谁推了他这一把？

驴爱草料，不要黄金

老管一直写直白的口语诗
太直了，横竖是直，连撇捺也是直的
想到什么写什么，想到哪儿写哪儿
修辞是旧衣裳，老管早已脱得一件不剩
感悟和触动，沙漠里的最后一滴水
眼看就要在汉语的脚窝里蒸发了
古人说，盲人骑瞎马夜半临深池
老管不管不顾，继续咚锵咚锵咚咚锵

今早老管发现了真理，说 QQ 聊得少了
都去了微信，微信也不热闹了
只有一个东西会长久：钱
这不值一驳的几行文字还能算是一首诗歌吗
恐龙蛋是空壳，即便充实也是一个死亡的卵
钱关乎生存，钱也遭遇无数次的质问
邓正来翻译迈克尔·桑德尔一本书就叫《金钱不能买什么》
钱有时候是坚挺的，有时候是微软的，一软就干不成事
总拿钱说事，显得咱眼界只拘囿在一枚方圆里
想想古希腊赫拉克利特的远古训诫吧——
"驴爱草料，不要黄金"

2014 年 4 月 13 日

一枚苹果的孤独

那一年，一粒苹果的种子孤独地拱破了泥土
晨光乍泄
终于有了寂寞的身高，有了第一朵苹果花

幽闭的雌蕊被另一朵雄花授粉，整个过程是寂寞的
等到怀抱了青小的果，她的心跳
是为自己的幸福打鼓

退掉枯萎的小花瓣，苹果揽住阳光，汲取露水
如果有蝴蝶蜜蜂飞过，她的寂寞也会颤动一下
秋风飒飒响，树上果实累累，苹果为自己的成熟，频频报颜

忽然风紧，她被一只手蛮横摘取，被一排牙齿粗暴地咬破
果芯飞入泥土，一枚苹果回到种子状态还是孤独的
她一生都解不开孤独的秘密

2013 年 11 月 30 日

大男孩奥巴马

这块黑抹布，不惧怕白宫的白

自从当了总统，史书上不再添加黑白纪

他身先士卒，任黑脑袋

憋不住的白发，自由长出来

他打地铺，吃盒饭，游说各州

画最美丽的饼，揉进黑芝麻，笑起来牙很白

不搞拉链门，爱星条旗，胜过米歇尔

执政四年老了八岁，脚下是"经济悬崖"

远望是亚太地区的梅子，红了

他很忙，还能像看望邻家小妹一样

接见一下受委屈的小明星

蹲下来，和她们一样高

2013 年 12 月 20 日

假如诗歌是一只鸟

我们轻易不见它，惊鸿一瞥
倏忽收起慈爱，快如闪电和后娘
它背影铁黑，回头需要密码
一定有吉光片羽，雪白，或乌黑发亮
每飘落一支，就埋葬一个海子

它抖动翅膀，天空会交出太阳
它啼鸣，繁星和月亮就露出黑夜
它带着世界完整的图纸，不肯轻易
补缀，我们的百衲衣

这只鸟，乘我们熟睡
也轻盈地落在枕边，耳语
才一翻身，就"呼"一声飞走了
南鸥说：拥抱诗歌！我说：做梦！

焚烧垃圾

在我看来

就是蓝天拽着无数乌云

乌云拽着一条烟柱

烟柱拽着一堆火

火拽着垃圾

垃圾拽着丢垃圾的人

一点，一点

升

向

天

堂

我路过城里的一家花店

仿佛街道上出现了一个缺口
森林，泉水，花束的气味
漏出来

越用越稀薄的氧气
维持着城市病人的奔波
每天是世纪末日，每天又有惊无险
是的，我停下来
深呼吸——才呼吸了半口——电话铃声响起
我加快步伐。我必须为停留的时间
加快步伐，赶出来

人终究要看淡自身的火焰

季节的尽头火焰都是微弱的
暮春三月，有些花儿开始打瞌睡
盛夏之后，一些人情不自禁犯老昏病
深秋的最后一声鸟叫，夹带着词穷的口吻
而隆冬将至，雪花只剩下了苍白

火焰穿过年轮，不时发出哔啵之声
落下灰烬
人到中年，每个人都有一部《致青春》
伤感只是拨火棍
让暗淡的火焰再明亮一次

肉体是上帝造的神器
我们只是租用它，期满不能续约
每天放牧红尘，像灵魂牵着狗
一路撒下孤独的便便

同样一个人，下半身的火焰毁坏道路
上半身的火焰开疆拓土
火焰尽头是灰烬的坟茔，我们能做的是
尽可能拖延时间，不过早抵达

路遥纪念馆

作品和精神是牛奶
纪念馆是奶杯
消费不动牛奶的人只好消费奶杯
世上多的是奇怪的奶农
生前不给一捆草料，死后斥巨资建馆

站在路遥蜡像旁，我说不出一句话
最好的纪念是站在路遥肩上，说出世界新的平凡
然而我们贫血，恐高，目力短浅
安静的中午，解说员悦耳的嗓音里有路遥烟草味的鼻息
馆外的鸟鸣叫得有些惊心
这个叫王家堡的荒芜之地，一切都是那么妥切
只是牛没了

2014 年 6 月 24 日

虚拟演讲

主持人宣布高峰论坛现在开坛！
台上才开始制造声音
台下早就开始了

他们不远千里乘机乘车而来
对闲唠嗑和嗑瓜子的着迷胜过一切
主持人再三强调会场秩序和论坛目的
结果只把话筒训斥了半天
主讲人只好把麦克风当作唯一的听众
专注地施以吐沫星子

坐在下边的我，脑子里出现了一个虚拟演讲的情景
快步走上讲台夺过话筒，讲了这样一段话：

"尊敬的各位领导、专家、诗人、评论家和媒体朋友们
我生性胆小，尤其当下边鸦雀无声的时候。今天我得感谢
大家
你们用大声喧哗，为我壮胆……"

2013 年 12 月 14 日贵州独山

对 话

我们的脸贴得很近，脸色渐渐
沉入黄昏。一扇玻璃窗，除非破碎
终生不离开搭乘多年的列车
也不开口，坚持着它的抑郁症
终究还是说话了，我一来，他就
发出有节律的语句，自动分行

玻璃窗说出铁轨，说出隧道，说出
灯火，山川，沿途的车站牌，说出
一串山崩海啸的风声，说出枕木，说出
宁静夜色里的月朗星稀
作为对话者，我只好说出疲惫，说出
飘摇，说出未卜先知的烟火，说出
前半生的蹉跎，说出
越来越少的梦幻

一条异常柔软的窗帘，拉过来
让我们全都闭嘴，全都消失在黑暗里
消失在茫茫原野惊蛰之前的气温里
只有列车，独唱独舞，乐观地
循规蹈矩地驶向　确定的未来车站

2012 年 12 月 1 日

胡兀鹫

胡兀鹫吃完了动物的腐尸
留下骨头
那是多大的一块长股骨啊
好在，鸟有鸟的方式
在飞去的一刹那折回来
它尖细的眼睛里有了主意

胡兀鹫抓住骨头，飞起来
掌握着适当的高度，勘测合适的落地点
松开双爪
骨头跌落在地面的石头上
碎成几瓣

胡兀鹫将碎骨头一块一块吞进肚里
喂养
溶解骨头的胃液
消耗三千里飞翔的长空

海　鲜

有硬壳，也有软组织
在一锅鸳鸯火锅汤里，软硬兼施
统统失效。海鲜在盘子里
仰卧着，向厄运踢打着
腿
始终没有一骑红尘，没有
刀下留人。海鲜抱着昂贵的身价
入锅，最后昂了一次头

几分钟后，海鲜
被夹出来
被筷子，被嘴巴，被涎水分开——
软的，硬的
不忍，心安理得
身前，身后事

樱桃的滋味

一个人的灯笼不灭
就能长成樱桃
以及樱桃小口
那个窗户下仰着脖子的少年
就会一直站下去

电影《樱桃的滋味》
是伊朗导演阿巴斯的作品
"寻找死亡时发现了生命的奇妙历程"

一双绝世的眼睛沿着樱桃的滋味回来
收拾自己，挤掉身体里
圈养的黑

2011 年 7 月 2 日

苹果与苹果是不一样的

在南方城市，总会看到一种水果

长得和苹果一模一样

颜色也模仿了苹果的红

小贩毫不掩饰地大胆叫卖

它的好品质

然而，味道才是硬道理

失去苹果味的水果是水果的失败

成熟与寡淡，一口咬下去就见分晓了

上帝创造了人，也创造了沐猴而冠

当我们吃苹果的时候

就会立刻发现这种差异

2011 年 2 月 3 日

每一颗种子都不蕴藏绝望

种子成为种子之前
绝望就枯萎了。这是未曾谋面的前世
为现世立的遗嘱。如果你
遗弃这锦囊妙计，必遭现世遗弃

正当繁花开遍
谁能收走这翠绿滔天的原野
一缕阳光与一道剑等同
只有向上的夏，没有下坠的秋
无数次的出场，把生命无数次举到
亮处，高处，欢悦处
而退场只有一次

每一颗种子都不蕴藏绝望
这是植物界的一个秘密

2011 年 8 月 20 日

老子天下第一

周王朝在暮色里。从黑夜出发的人
在青牛的脊背上完成穿越。稀疏的头发
发出皓皓白光，比星月更亮。这飞扬的火把
因为抵达，所以离开，风萧萧不过是麻雀

函谷关在晨曦里。雉堞是一排排乳牙
吞下一个旧朝，吐出一个新邦
向西，向西，秦国在西域的襁褓里
而老子在一团东来的紫气里

关令尹喜，哪怕晚几秒伸出多毛的手臂
一头青牛和一名青牛翁就会与一个时代擦肩而过
历史的烟尘还是顿了一下它的飘荡，拦下
一座昆仑。一个对话记录了一场最伟大的交涉
"不就是一张过关通行证吗，关令大人！"
"就是。老伯！您总得写满几百条简牍才行"

终于抱出了一摞，数一数，刚好五千言
在别人的屋檐下交出了自己的袅袅炊烟
瞥睨了一眼跪拜下去的黔首冠顶
老子大音稀声："谁说老子天下第一呀

上善若水，利万物而不争"

青牛尾巴与大地平行，没入黄沙
举起一朵白色的火焰，两千六百年不灭

2011 年 2 月 23 日

老子如是说

西去。从此不再说一句话
五千言已足矣。八十一章已足矣
说得再多，能多过这漫漫黄沙吗
西风烈。我的簪子已绾不住这三千白发
飘扬，为一头西去的青牛摇旗

尹喜，不要跟着我。我不能给你官衔
也不能给你万里边关。我们收不到大豆高粱
还分食青牛的草料。我的路不在繁华处纠结
小国寡民，小国寡民。我没有更高的抱负
治大国如烹小鲜，治小国呢，如法炮制

画函谷关，大散关，天水，陇西的一条线
到临洮、兰州、酒泉，陇西邑，临洮东山就终止了
别乱叫什么太上老君，老君只是一个传说
虽说天下李氏出陇西，也架不住一个皇帝的
政治阳谋。我冰瀑一样的白眉上
只有露珠，没有铜臭。更没有集权的滥觞

我死，是死不干净的。只要五千言不死
塞外有桃花，春风不度，年年照开

2011 年 2 月 27 日

中　年

一个仓库保管员
裤带上吊着一大串亲手打造的铜钥匙

想想通往库房门长长的路程
只来得及发出，极短的叹息声

2011 年 1 月 4 日初稿　2017 年 11 月 7 日改定

简　约

如果一滴水可以见证大海
我们何必要求两滴

如果一个人可以释尽爱情
我们何必再去他求

上帝用最简约的方式
创造一个男人，再抽出一支肋骨

万物都是两极的此消彼长
却来自最初的一道光

2011 年 10 月 31 日

小黄狗

每次到桥头堡超市买菜
总能遇见它，从不理睬人
你摸摸它的头，总是梗着脖子
有时卧在人行道，猫一样的睡姿
人们用脚踢踢它，以免发生危险
它被动地往里缩一缩，睁眼只看你半眼
仿佛人行道也是它的国，不需要多此一举
从不乱跑，除了吃和睡，就守着西红柿摊
围绕超市周围，一条狗的江山也不算小
偶有其他宠物狗经过，它也淡定如和尚
你想给它拍照，它不怎么配合
像一个与世无争的隐士，有独立的品格
只是在主人吃饭的时候，才活跃起来
在其胯下钻来钻去，捡食碎肉或骨头
一条狗回到一条狗，是那么的容易
它撅着屁股，尾巴毛茸茸的　扫起浮土
嘴巴好长，牙齿狰狞，眼睛变得乖顺殷勤
于是
"一切坚固的东西都烟消云散了"

2015 年 4 月 25 日

诗　眼

在崇山峻岭之下，诗眼
是流水
在千村万户之间，诗眼
是故乡
在年年岁岁里，诗眼
是相逢的那一天
在芸芸众生中，诗眼
是安静处闪烁的你
在婀娜多姿的身体上，诗眼
是桃花潭水

我平凡的一生就是一首破诗
而你事先成了诗眼
等我一个浪潮加
一个浪潮
凑成　分行的云涯水暖

2011 年 10 月 30 日

微诗八首

绕　开

伞，绕不开天空
它垂钓的和尚如履薄冰
手执念珠的人，将木鱼翻云覆雨
却绕不开，一生的无法无天

不说七夕

不要挥霍心中的爱情
那些人定的节日，谨慎说出
修炼千年的珍珠

傲　慢

空中没有悬挂镰刀
杂草丛生的季节
生长是傲慢的
生锈也是傲慢的

山　水

隆起的，流淌的，各自的秩序
各自维持。而游客的秩序

在于：呼应山水
打开一个身体的容器，吐纳横竖

旅　馆

旅线上的烂文章
餐饮业的烂文章
而真正写作的人，一边睡觉
一边进食，一边做一个守节的人

孤　独

民歌生于低处，远古，荒蛮之地
像窗外的常春藤，戳着现代人的后背
那株被称作孤独的植物，爬过四季在说：
"面对面睡觉还想着你呀，想着你！"

西部落日

日头向西山头上
一戳
群山就再也放不下
那份复杂的欢欣
天空越黑，心灯越亮

豰觫

传说韩愈登华山时，双腿发软
被脚夫背下。他，文起八代之衰
却豰觫而下，大哭，没有死撑到底

沟　通

河流与远方沟通
说出一句，吸走一句，不回话
直至献出一生的马拉松，直至懂得沉默

河流的话有歧义，有落差，有伶牙俐齿的力
也有云雾，有怪癖，有委蛇，有腹诽的无力
河流流入大海，仍不能将远方的沟通，抵达

今天不等了

太阳落山前，都要停一小会儿
它等什么呢?
天地玄黄，一定有个谁掉在了半路上
寒来暑往，再多的白发也记不清曾经的燃烧
人间一蓬蓬荒草，原来也在青青河边长

走散的羊群逐渐化作白云
饱餐的老狐狸牙齿行将脱落
那一场辉煌的盛事
终于没有来
越来越沉重的落日，今天不等了

中秋，想到一些几何图形

想到方。东西南北走遍
棱角凹下去一点点
内里的空，吸入八千里路风月
再呼出去
想到椭圆。三十年来尘土
担起来，不胜其力的重
用扁和韧，向生活做鬼脸

想到圆。这，八月的秋色
分外明朗，修炼千年的石头，剔除轻狂年少
吐出中年
珠圆玉润的手势。苍凉的风

这些图形，我爱。线条是阶段性身份
虚空的胸怀，一直旋转着峥嵘
以及小心压缩的蹉跎
还有剩余的罅隙
等一轮圆月升起，弥合

2011 年 9 月 11 日

雕　塑

受制于外界的东西太多
常常试图摆脱。羡慕流动和纷飞
比如河流多么自由
电光石火多么任性
无人替我，我只有亲手执锤和凿
对着自己的身体凿下去
血肉横飞地凿下去
从一块巨大的石头里解放自己
像解放三生石上的一滴露珠
那么柔软的一滴水，对抗时间之风的抽打

我所赞美的雕塑就是这样
手执锤子和凿子，血肉横飞地凿下去
让你看，我是多么优秀的一名石匠
正在凿出自己

2016 年 6 月 4 日

职业病

一只勤奋的榔头

从早到晚一刻不停钉钉子

而一旦停下来，再没东西可钉，它就浑身不舒服

那种美妙的叮叮当当的声音

是它生命的全部

安静使它的体温骤降

降到恐惧的地步

为了消除恐惧，榔头终于想出一个办法

在没东西可钉的时候

它弯下腰

把一颗钉子毫不犹豫地钉在自己的大腿上

2017 年 8 月 31 日

第七辑　照无眠

照无眠

记不得何时开始写诗

那个时点给人抹去了，那个人也给抹去了

这是今年中秋，反复抹去中的最后一笔抹去

记不得何时对月亮有了仰望

它照过千古多少人，才来照我

从新月开始，它是一日一寸吐出

新玉一般的生命，却不敢奢望

后边一定是圆满

月上的风很大吧，需不需要一件外套

云一件一件披过来又一件一件脱掉

皎洁其实没什么用，遮住就遮住吧

在明亮和温暖之间，人间会怎么选择

天晓得吗？苏轼把酒问得太多，也举得太久

只有水调歌头不累也不睡，想更多的问题

拷问更多疲倦人的眼

大　雪

一只白鹭压低了身影
自长河的左岸，一直到长河的右岸
寻找另一个自己

我们之间始终隔着一道秦岭
同一个时点同一片土地
岭北大雪纷飞，岭南彤云密布

很久没说话了，今天你终于开口
我看见无数只白鹭在寻找自己
零落成泥之前，北风顽强地扶起它们

我对月亮说起爱情

我对月亮说起爱情

满月背过脸去，残光漏下来

我对盛夏说起爱情

季节顿了一下，初夏直抵晚秋

说花花败，说草草黄，我不敢再说什么

天空的辽阔因了针孔般的星星

开始凸显狭隘

江河的翻涌模仿山脉的形貌，速度降为

零

爱情这个话题，不便谈论

得绕着，走那些后来的人生

非得谈论，爱情像一只白狐

经过你的时候，那毛茸茸的大尾巴

闪电一般，狠狠甩过你几下

雪 茄

为了给陆渔的诗歌写评
愣把两小时的电影《至暗时刻》看了一遍
我虽戒烟多年，还是管不住自己
在裤兜里乱摸了半天

含着雪茄，雄赳赳当选为首相
雄赳赳觐见大英帝国的国王
雄赳赳怒斥主和派法克斯
雄赳赳指挥敦刻尔克大撤退
自始至终 66 岁高龄的丘吉尔
嘴里总含着一支雪茄
有时候"嗤"一声点着了
有时候压根儿就不用点，就那么含着
扭转了
纳粹强势控制的欧洲战局

麻　雀

冬日暖阳，麻雀们建立了微信群
"特儿"一声齐刷刷飞起，再齐刷刷落下
热热闹闹的世界来自叽叽喳喳的自由
没有一个人退群也没有一个人被踢

而现在，树枝伸出足够的长度
它们心里有麻雀
不忍拍打这些无家可归的人
雪花落在大地上，不落在麻雀身上
北风有肆虐一切的野心
却瞄不准这么小的目标
从麻雀的身边，滑过去了

麻雀立在树枝上，树枝在风中摇晃
麻雀缩在雪花中，棉絮把羽毛擦洗得更加干净
麻雀在风中就是一颗颗钉子，牢牢钉死旷野和密林
不随风而去。直到春天一到有新芽把它们从钉孔里
挤出来

月亮有一颗明亮的心

灰烬之前有过蓬勃的火苗
废墟之上，曾高楼巍峨
如今，他们的心既不相信过去
也不相信未来，只承认瓦砾
和一堆灰

万物的蓬勃与塌缩
很难接上宇宙的秩序，一呼一吸间
荒寒漫溢，洇出硕大的黑暗
而月亮有一颗明亮的心
照耀着这一切

穿　越

夜观电视剧《伪装者》

第一集就看到蔺晨和萧景琰

行走在大街上，随之秦般若和静妃娘娘

也跑了出来，梅长苏和谢玉

出现在飞机上的时候，救命和绑架

这两场戏衔接得非常完美

看到第二集，莅阳长公主出现了

江左盟都属黎刚也出现了

原来，他们从《琅琊榜》的大梁国出发

集体参加抗日了

白　露

还记得你的名字，不许我叫了
还记得你的身姿，玉兰落满石栏
还记得很多，没以前多了
今后，一定会什么也不记得

最后一面，也是那么糟糕
清晨，没有一丝日出的迹象
炎炎盛夏，不经处暑就降温了
七月流火，不为了九月授衣
我的浅秋衣衫单薄

公然说爱是可耻的
不说，也不见得就是光荣与梦想
如今，你身后的风裹着你的心
我脚下的清露，注入了牛奶

你是我的世界观

在我面前，你一把推翻礼乐文化
推翻荷塘月色，碧波荡漾
抛弃仪式感，将本能的陀螺
旋转得虎虎响

菜市场上锱铢必较
可清高得像蓝天白云
一个红包能装多少情深似海
都害怕手指一碰，跌入尘埃

所谓珍珠只有我举过头顶
它才是珍珠，一旦抛掷在地
就是一堆玻璃渣子。我高高举起双手
空空的手，高处不胜寒
我是你的旧时光，你是我的世界观

春 天

十五点零六分收到
十四点截稿的征稿信

你别说不可能
春草蓬勃之后
才可以播撒草籽

中秋节抒怀

当中秋月亮升起来的那一刻
谁还配享受它的皎洁
充斥在空间里的
除了点赞还是点赞
除了献花还是献花
点赞泛滥其实是手指习惯性弯曲
献花泛滥其实是玫瑰习惯性贬值
吃月饼时，你是无罪的吗？
喝牛奶时，你是无愧的吗？
古人写尽了赞美月亮的词
而你，捡起了月饼渣儿塞进
刚刚献过媚的嘴巴

2017 年 10 月 4 日

双十一赋

这一天全国人民都剁手
但也不必惊慌失措
过不了几天
快递小哥就会把断手
统统打包送回来
你的电话被打得频次越高
越说明你的是高手

2017 年 11 月 11 日乐山

何日君再来

开始是躲避烟味
我离开了书吧
继而是躲避漫不经心堆砌
又推倒重来的声音
我离开了会所

一年来，这味道和这声音
像魔咒一样在周围无法解除
坍塌从内部开始已经好久了
只是尚未夷为平地

何日君再来
别问了，温泉解决不了问题
我们都有些年纪了
谁也不能推倒重来

2018 年 2 月 5 日

如何用诗歌悼念一场惨剧

我相信写诗悼念四·二七惨剧的初衷是善良的
如水的抒情，愤恨，捶胸，顿足，也是善良的
但诗歌不是石灰粉
可以将十九个血泊快速遮盖

风暴过后，太阳照样升起
唯独不能照到九条生命鲜活的笑脸了
还在病床上的十个幸存者，如何相信风暴不再来
此时，诗歌有什么用

凶手不是天生的，我们得挖掘
旧年受欺凌的记忆
挖掘十三年的经历
挖掘幽闭的个人生活
挖掘吃鸡游戏
挖掘从家庭到社会各个站点的教育
雪崩时，没有一片雪花是无辜的

诗歌是什么，诗歌是洛阳铲
得挖散风暴形成之前，每一股
旋起来的魔力

2018 年 5 月 2 日

川岛芳子

清朝皇族的一滴血
漂洋过海，被大和民族的另一滴血
霸占
一滴血的背影，一旦掉转头来
她就彻底变了

我们省略她所有的间谍活动
也省略她的沉浮、脆弱，她的飞扬跋扈，她苦闷而薄凉的
心性
她不是一朵自由行走的花，她
一直在枷锁中

所谓蒙满独立的梦，甚至比红楼都不堪
那是一只虚幻的铁蹄，践踏一切善良和幼小
现在以汉奸罪审判金璧辉十四格格，审判什么

她只是一个被遗弃者，从6岁开始
从"清算女性"的大正十三年（1924年）十月六日夜
九时四十分开始，从监狱的求助信开始
她有浪迹江湖的谍影，但没有国籍
她是中国的一块铁，被打造成了一柄日本利器

她本该有自己的芳华和绽放

但从生父肃亲王善耆开始，就作为"小玩具"

赠给了日本浪人川岛浪速

2018 年 5 月 31 日

选筷子

筷篓里抽出两根筷子
一长一短，都很精致
它们最终的命运谁也说不清

能否派上用场，与自身的精致无关
只取决于再抽出的那一根
与谁等长

房间里的大象

房间里有一头大象，巨大的
体量和肺活量
直逼门口，直逼窗口，直逼天花板

进门之后，我们小心翼翼
绕开
它的尾巴、鼻子、牙齿和蹄子

整个房间就这么一尊大爷
我们像孙子一样保持了集体的沉默

大象越长越大，呼吸粗而急促
房间里空气变得稀薄，我们依旧
小心翼翼，呼吸着残留的部分
一言不发

2018 年 11 月 19 日

鼻　炎

鼻炎是一首无节制的抒情诗
鼻炎是鼻子的心脏
它的跳动，带来卷纸一片一片的灾难
发红的鼻子疑似矫情的小姐
任何气味和冷热，都能引发她的尖叫

但仔细体会鼻炎的存在，我又不忍指责什么
鼻炎只是全身问题的爆发口，它
承受的黑暗和煎熬，不是常人可以想象
鼻窦这个点，是知识分子的良心
扛起了山河日渐破碎的重量

没有了鼻炎当然是一件很好的事情
但是身体总会找到一个器官，表达自己的不满
不选择涕泗横流，也会选择别的方式

致轩辕轼轲

原以为轩辕轼轲是笔名
也真会起啊，四个字都来自古代
四个车都是木轮子滚动
带着农业文明的把式，愣是闯入现代社会

他的口语诗纵横南北
越界到俄罗斯
因他扎根在齐鲁大地
凭着一条沂水的流量
替孔子继续发出，论语之声

2019 年 2 月 1 日

春节来客

儿子的同学来访
茶几上摆了一茶几好吃的
儿子殷勤地问同学
你吃点啥，随便啊，别客气
儿子的同学迟疑了一下
讷讷地说，那我吃一片
健胃消食片吧

2019 年 2 月 1 日

扣扣的心

曾经也是红的，柔软的
充满肉感的，被母亲的温情拥抱过的
一九九六年的秋天，人间的拥抱分崩离析了
这颗心才有了铁器的质感
只是缺少锋刃

从军是锉刀
不结婚是锉刀
残酷记忆是锉刀
仇家的傲慢是锉刀
日日夜夜锉掉非锋刃的部分

没有丝毫弯曲，闪亮的锋刃
经过二十三年的打磨，终于露出自己
扣扣的心，依旧是红的，柔软的
只不过，要先饮尽仇家的血
才肯进入法律的剑鞘

2019 年 4 月 15 日

反季节

从春天开始

我一件一件脱衣服

大地阳气上升

我也阳气上升

春雨惊春清谷天，我脱衣服

夏满芒夏二暑连，我脱衣服

我脱衣服越来越快

根本停不下来

当秋风萧瑟寒霜遍地

我脱衣服的习惯已不能改变

飞雪连天，我实在没法再脱什么

只好，"扑通"一声跳入大河

练习冬泳

2019 年 5 月 12 日

人间苍茫

市声在黄昏的一角轰鸣
六楼具有无法抗拒的汹涌
我在加班，也在荡漾
那声音不是来自农贸市场
而是小贩临时麇集的府河桥头

萝卜有萝卜的坚硬
白菜有白菜的脆弱
小雪过后，市声刺穿低气压人间
不减鼎沸。而一颗孤独的西红柿
忍着一腔充沛的血气，尖叫厨娘

有时我想，暮色四合救不了车水马龙
万家灯火也无须炊烟袅袅升起
繁荣到废都要经历多少世纪
但当下，必然要经历一段，或几段
人间苍茫

2019 年 11 月 26 日

锦鲤菩萨

我这凡夫俗子
每经过池塘，总以为
锦鲤只是池中之物，然而
那诡异的色彩斑斓了整片池子
连钓竿都畏惧垂下自己
游客纷至沓来，倒影在锦鲤身下
扭来扭去

终于起了敬畏之心
锦鲤是我们华丽的祖先
只是它已不认识我们
我们也不认识它了

成都有个叫锦里的地方
那里有池塘和水草
那一天，我在池边游玩
默默对锦鲤双掌合十
一抬头，看匾额"锦里"
大惊失色！那"鱼"儿
去哪儿了

2019 年 12 月 14 日

启 示

越过风和密林，追我的
有脚步和箭镞
我要比它们跑得更快
才能活下来
倾圮和坍塌是迟早的事
我心里默念：玛雅，玛雅

奴隶的命运是奔跑
奴隶的另一种命运是跑得更远
没有玛雅的地方，一定有什么允许我
只要我肯回头，反射几把
后边的脚步声就会稀疏一阵，直至彻底消停
哦，上苍！我是人间奴隶
也是森林之王
泥巴和棕油可以涂抹我的脸
从来不会将我熄灭

2019 年 12 月 18 日

冬日草原

风是白毛风
雪是帝王雪
茫茫草原上，你不是臣民
是路人，是侠客，是猎食者
体温能保持多长，诗意就多长
没有小火炉，没有蒙古包
一个孤单的诗人，在词语茫茫的雪原
苦炼一颗丹

开始草比雪高，最后雪比草高
太阳和老鹰在热汗淋漓的内心
轮流翻滚，飞翔，证明活着是一种冒险
羊群是怎么溃散的，孤羊答不上
狼群是怎么扑过来的，孤狼知晓
要不是内在之狼略凶于野外之狼
踏进草原的那一刻，早就灰飞烟灭

有一个王国叫白色王国
雕栏玉砌都是冷冰冰的
因闯营拔寨，成为风雪夜归人
来到草原的未必是诗人，但诗人必将进入草原

倒下之前，他洞穿白色世界

红围脖或红腰带在马背上飘扬

拽着飘扬的不是卓玛

就是乌兰，图雅，琪琪格

2019 年 12 月 23 日

后　记

　　对于诗人出诗集，我一向持冷眼旁观的态度。诗歌成辑、成集，本来是件好事，对个人写作是一个很好的总结，必然收拢过往、开启未来，何乐而不为呢？但我看到更多的是诗人的无奈，销量没保证，出版的流程也比较复杂。除非你是名诗人，一切还好说些；否则，简直自讨苦吃。

　　这不是一个人人喜欢阅读的时代，遑论阅读诗歌。

　　我看到更多的情况是，生活本来就不宽裕的诗人七凑八凑弄了一笔钱，交给出版社，书出了，兴奋期像太阳雨一晃而过，接下来是对积压在书房的一摞摞变现迟缓的存货，一筹莫展。这个时代有人读诗吗？肯定有。但读诗歌不是人的刚需，甚至打游戏都比读诗歌更容易唤起消费欲望。诗人们能责怪什么呢？诗歌的小众化文体不能共振大众消费群体的心灵频率，除了诗歌自身的表达和信息输出的问题，还在于时代。面对商业思维、消费主义语境、城市化、现代性和后现代性、娱乐至死、碎片化生活、精致的利己主义等社会文化环境，诗歌何为？诗人何为？没有太多的人愿意让思考给自己带来疲累或参与熬炼精神之丹。因此，有趣性写作会远远大于难度写作而成为诗歌普适的主题。当然，诗歌要写得有趣也需要难度，这里强调的是轻松和娱乐。

　　诗歌作为一种敏锐的神秘的特殊的文学样式，本可以锐利地击穿现代都市环境下人的疲惫而获得攻克浮躁和机械化后的畅快感，从而获得心灵的圆润和感性的丰盈，起到抵御商业环境的压迫、窘迫和焦虑感的作用。但是，现代诗探索中的不成熟性和隔阂性，往往锐力不逮，像一颗绵软的橡皮子弹刚刚碰触到疲惫的皮层就滑脱了。

这是诗人的悲剧，也是诗歌的悲剧。同时，也是诗歌逆转而起的机会。主张诗写的有效性，就是为了防止抒情的泛滥或叙述的散漫，给诗歌的品质带来伤害，进而避免语言的"滑脱"和"空转"。

终于有了自己出一本诗集的机缘了，心里十分忐忑。

倒不是因为对自己的诗歌没有信心，也不是怕重蹈别人的覆辙，而是作为习诗多年的人，今日捧出的东西是否获得了与时间流逝相匹配的成果？这是我在意的。从 2008 年开始陆陆续续写了 600 多首诗歌，本次披沙拣金选编了集中在 2011—2019 年的诗歌 154 首，分七辑出版。它们分别是："自然的叩问""情感的幽林""古典的回声""乡土的遗响""旅馆主义""土哲学""照无眠"。这样的编排打破了线性的诗写年代，但是在主题元素上是七个板块，也体现了我比较多元的思想情感结构。至于诗歌质量如何，我实在不便自我评判。虽然，我给不同层级的诗人朋友写过几百篇诗歌评论，可对于自己的诗歌我必须谨慎再谨慎，干脆闭嘴为好，留给读者和评论家指点吧。写诗九年，我属于眼高手低的那一类人，一直不敢称自己是诗人，只能说是在新诗百年的时段里微不足道的文字分行书写大军中的一员吧。在此我不想探讨诗歌的流派、代际、手法、诗体、革命、嬗变、修辞、维度等的学理藤蔓，只想说本书收集的诗歌大都是我对平庸生活和卑微空间的反抗和自我打磨。面对滔滔而去的时光之水，青春往往一文不值、一事无成就遽然流去。我们往往掬不出一滴清泉来解析中年的油腻，衰老的步履却纷至沓来了。不管怎么说，这些诗歌毕竟是过去生命燃烧的灰烬和骨头，具有温热的柔软和诚实的坚硬，对于新诗百年这样的长河，我们可能连一个泡沫都算不上，唯一欣慰的是我也参与过了它的澎湃和激荡。

这是我目前能给自己和亲朋最大限度的也是最好的交代。

是为后记。

黄土层

2019 年 12 月 30 日

于成都莱茵春天